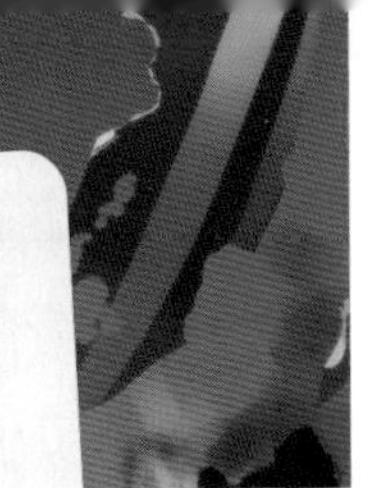

［作者］
安里アサト

［插畫］
しらび

［機械設計］**I-IV**

EIGHTY SIX Ep.11

—Dies passionis—

ASATO ASATO PRESENTS

The number is the land
which isn't
admitted in the country.
And they're also boys and
girls from the land.

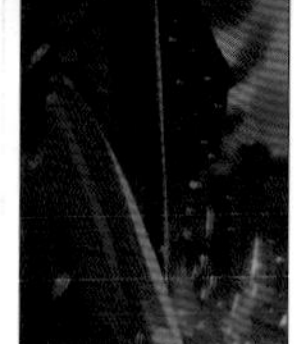

作戰概要

OPRATION OVERVIEW

CONFIDENTIAL
機密事項

1）齊亞德聯邦救援派遣軍（指揮官為理查・亞納少將。五個旅團，總人數五萬餘名）之撤退 2）支援聖瑪格諾利亞共和國全體國民進行避難	目的
機動打擊群占據作戰區域並維持整體戰力，以助達成１）與２）	概要

〈洛利卡櫻花作戰〉

RORIKA SAKURA

Judgment Day.
The hatred runs deeper.

[參加兵力]

第八六獨立機動打擊群第一、第二、第三、第四機甲群

[作戰區域]

西方諸國高速鐵路・南部花鷲線（共和國舊冬青市—聯邦貝勒德法戴爾市區間。距離約400公里）周邊區域

[作戰中代號]

- 作戰開始地點（西部戰線陣地帶森蒂斯・希崔斯線內）稱為黃道帶基準點
- 黃道帶基準點西向30公里處稱為雙魚宮統制線
  以下每30公里處分別稱為寶瓶宮、摩羯宮、人馬宮、蛇夫宮、心宿二、天秤宮、軒轅十四、室女宮、巨蟹宮、雙子宮、金牛宮、牡羊宮統制線
- 救援派遣軍及共和國國民之避難開始地點（冬青市總站）稱為櫻花基準點

[協同戰力]

- 救援派遣軍機甲分隊（負責占據櫻花基準點區域並維持整體戰力）
- 救援派遣軍憲兵小隊（負責於櫻花基準點誘導人員上下車）
- 西方方面軍運輸分隊（負責救援派遣軍人員及共和國國民之鐵路運送工作）

附注

- 羅亞・葛雷基亞聯合王國派遣聯隊、瓦爾特盟約同盟派遣教導隊不參加本次作戰
- 救援派遣軍之撤退行動以軍官、士兵及車輛、戰鬥裝備為最優先，優先度較低之裝備、設施則予以棄置
- 共和國國民之避難僅限人員，不實施貨物運輸
- 該作戰進行中，救援派遣軍工兵分隊實施鐵幕（80、81、82號）之破壞工作
- 避難民眾之誘導、應對工作由共和國臨時政府實施

The number is the land which isn't admitted in the country.And they're also boys and girls from the land.

OPRATION
OVERVIEW

獻給辛耶・諾贊中校

芙拉蒂蕾娜・米利傑《回顧錄》

D-DAY MINUS TWO.

At the Celestial year of 2150.9.29

DIES PASSIONIS

星曆二一五〇年　九月二十九日

D-2日

Judgment Day. The hatred runs deeper.

9.29

The number is the land which isn't admitted in the country.
And they're also boys and girls from the land.

EIGHTY SIX

「上次提到的那個對『軍團』司令據點群發動的反攻作戰，目前只決定了時期與作戰名稱，好像是要用歷史典故取名為『大君主作戰（Operation Overlord）』喔。」

邁卡侯爵家一名比辛年長大約十歲的青年親戚一邊沖泡紅茶一邊閒聊般說道。他同樣也是齊亞德聯邦軍軍官當中身懷異能的特技兵。

勤務兵與副官都已先聽令退下，在這西方方面軍聯合司令部基地的一間辦公室當中只有辛與他兩個人。約施卡·邁卡中校手上端著茶具走回來，他從不久之前就跟辛進行過多次面談，對辛的異能控制提供幫助。

「這……該怎麼說？取得還真是簡便。」

「是吧。應該說，就不能找個更輕而易舉大獲全勝的作戰當典故嗎？那場作戰雖說是贏了，但據說搶灘過程死傷慘重，而且聯邦好歹也是民主共和國，取名叫大君主感覺很不對耶。」

這人十足軍人風格地剃短一頭紅髮，身材高挑，有著肩膀寬闊、胸膛厚實的強健體魄。然而相貌五官卻恰恰相反，有些娃娃臉，深紅雙眸眼角下垂。約施卡無聲地喝一口自己泡的紅茶。

辛也將對方端給他的茶杯湊到嘴邊作為回應。輕薄如紙的白瓷杯上有著東方風情的金緋彩繪。茶杯內側同樣精緻的瓷繪，隔著透明的赤色茶水閃耀彩光。

「至於作戰進行時期嘛，畢竟是聯邦軍全體出動的大型攻擊行動，我看八成會跟聯合王國軍還有盟約同盟軍進行協同作戰吧。最快應該也是四個月後的——二月的贖罪祭期間，或者為了保險起見延到半年後的復活祭前後。」

聽到對方告知的作戰預定計畫，辛回想起第八六獨立機動打擊群（Strike package）當中，自己所屬的第一機甲群的任務與休假週期。

第一機甲群已在這個九月受派前往聖教國，服勤到此告一段落，經過兩個月的休假與訓練之後若是要再出任務，按照慣例會是十二月與明年一月。姑且不論四月的復活祭前後，如果在二月的贖罪祭確定進行作戰，就會跟下一次假期重疊，不過……

「無論選在什麼時候，機動打擊群都會全員參加。」

聽到辛淡然回答得理所當然，約施卡苦笑著說：

「那當然啦。你們機動打擊群本來就是負責這種任務的部隊，上級也早就知道你們會這樣說了——機動打擊群暫時不用服勤。這一個月你們可以先好好休息，然後緊鑼密鼓地加強訓練直到作戰開始。」

說著，約施卡忽地咧嘴笑了笑。

「我聽說嘍。你們上次作戰的時候翹課了對吧？」

辛的喉嚨發出咕的一聲。中斷休假與那段期間專門學校課程的是第三、第四機甲群，並不是辛他們第一機甲群，但到最後總隊長四人還是全體出面被葛蕾蒂訓了一頓。

聽到她說下次再犯就不客氣了，辛雖然明白她說得對，況且連帶責任向來是軍隊的基本做

法……還是覺得自己有點無故遭殃。

約施卡這會兒表情變成了賊笑。

「這樣不應該喔，就算說是特軍校出身，你們這些特軍軍官（毛頭小子）的本分就、是、念、書。你們這一個月可得乖乖去上學，聽老師講課、寫功課、到圖書館看些無聊到家的書，然後再跟朋友亂找樂子，為了男生女生愛來愛去的事情好好煩惱就對了。」

「最後兩個不太對吧？」

雖然第三個好像也有點怪怪的就是了。

「哪裡不對了？這些全部加在一起，都是你們該學的事情啦。」

比辛大了十歲的親戚背靠會客沙發組，一手端著茶杯的舉止堪稱優雅大方，臉上卻笑得不懷好意，絕妙地呈現一副沒品的表情。

「然後如果在戀愛方面煩惱過頭走不出來，就來找我這個可靠的大哥談心事吧……要等到你能找我聊這點小事，我才有辦法教你怎麼控制異能。」

「…………」

早在三個月前初次見面時，約施卡就這樣對他說過了。當時另外幾名同席的邁卡家異能者也說過同樣的話。

『——每個世代總會有幾個孩子無法掌握開啟關閉異能的方法。一般來說，那樣的孩子都會有父母親或類似監護人的家族長輩來教就是了。』

那時在邁卡侯爵家位於帝都的宅第安排了聚會讓大家見面認識。他們在邁卡女侯爵引以為傲、滿室蘭花的溫室（Orangery）擺下桌椅，幾名年紀相仿、身穿聯邦軍服的親戚同桌而坐。

代表眾人開口的約施卡一頭剃短的紅髮。

『能力的控制技巧本身，難度其實跟翻單槓或是騎腳踏車沒差多少。掌握到訣竅就很簡單，現在只是沒掌握到那個訣竅而已。所以只要找個會控制的傢伙跟你維持同步狀態幫忙開關，大多數的人一次就能學會，就算是悟性再差的傢伙，多試幾次就會學起來了。老實說，簡單到根本稱不上訓練。』

保持沉默或是面帶微笑把事情交給約施卡來談的親戚們，男性女性都有，而且所有人果不其然都有著深紅色的頭髮與眼睛，辛覺得看起來就像南國的花卉。配合運自遙遠異國的蘭花，茶杯用的是帶有南國豔麗色彩的造型。

『替桌上茶點增添香氣的香草也是蘭花的一種喔。』聽說論輩分是辛的表姊，一名二十來歲的女性這樣告訴辛。

『那麼說到為什麼要特地只挑家族成員，這是因為跟懂得控制的人進行同步會比平常的同步再深一點。具體來說就像——呃，比方說聽見「聲音」時比你平常所在的位置再更後面一點，這樣說你懂嗎？有個大概的感覺就好。』

『——我懂。』

雖然就如同約施卡所說，只是大概有個感覺。

看到辛點頭，約施卡不知為何露出明顯開懷的笑容。

意思是：這樣啊，果然我這樣講你就懂了。

你果然也是我們的家族成員。

從原本儘管親暱但還有少許距離的禮貌性笑容變成整張臉擠出皺紋，不再含蓄的燦爛笑臉。

『雖說並不會因為這樣就看透你的想法或記憶，甚至是感覺到你想藏在心底的舊傷什麼的，可是感覺就是不太好，對吧？要在一個不太熟、信不過的人面前潛入那麼深的地帶……換作是我就會不願意，會覺得很可怕。』

所以——

『總之這陣子就先像這樣，放輕鬆聚在一起喝喝茶就好。我們可以先閒話家常，如果有什麼想商量的事情也可以來找我們。就算是跟異能毫不相干，讓你覺得拿這種事找人商量好像很怪的無聊小事也沒關係……然後呢——』

說完，約施卡……以及邁卡的青年們各自露出了易於親近、無憂無慮的笑容。

『我們當中的哪一個都行，等你到最後甚至願意聊起你喜歡的女生……控制異能的技巧練習起來應該就會比較沒有抵抗感了。』

就這樣，這三個多月來，辛趁著上學與訓練等等的空檔，或是在服勤期間如果有需要來西方方面軍聯合司令部辦事，都會順便找機會跟他們之中的人講兩句話。

最後辛之所以請約施卡陪他進行控制訓練，是因為他最「不像」哥哥。

邁卡家族的青年們都和哥哥同樣有著一頭紅髮，血緣關係又使得他們外貌總有幾分相似。辛總是在無意識之中從他們身上尋找雷的昔日面貌。他覺得因為聯想到哥哥而感到放心並不等於關係變得親近，況且對對方也不禮貌。

就這點而論，約施卡有著十足軍人個性的髮型與體格，以及擔任指揮官時想必極具壓迫感的重低音嗓音。跟辛那個比較偏向學者氣質、體型細瘦、有著溫柔嗓音的哥哥一點也不像。

最重要的是講話方式截然不同，辛從未聽過雷用約施卡這種莽撞而有些粗魯的口氣說話，也完全想像不到。

即使如此，他像這樣跟約施卡談話，有時會陷入一種奇妙的心境。

如果雷還活著，跟約施卡就是同齡。

這讓他想到假如沒有戰爭，假如沒有被趕進第八十六區，二十八歲的雷是否也會像約施卡這樣跟十八歲的自己相處？想到哥哥本來可能用什麼方式與他相處，就讓他有種莫名的寂寥感受。

「我聽說嘍——你好像交到女朋友了？而且是個正妹。期待你跟我講講戀愛煩惱或者放閃放到讓我吃不消喔！」

……這種有點煩人的糾纏方式也是，假如雷還活著，或許也會像這樣纏著他問到底？

他一方面希望雷不要是這副德性，一方面又覺得雷因為跟他是親兄弟，糾纏他的方式八成會比約施卡更煩更難擺脫。

不知不覺間，自己已經能夠像這樣無牽無掛地想起有關哥哥的回憶了。

面對滿臉賊笑的約施卡，辛故作鎮定邊喝紅茶邊試著還以顏色。

同時裝作若無其事，彷彿未曾察覺殘存於心中某處的隔閡或距離。

「那麼請約施卡先跟我放閃，再換我講。」

「你也變得很會耍嘴皮子了嘛。好啊～～那你只要裝可愛說『拜託講給我聽嘛，約施卡哥哥』，我就破例講些我老婆超級宇宙無敵惹人疼的小插曲給你聽……」

「拜託哥哥講給我聽嘛。」

「嗚哇，回得超快。但是我不要～～因為你裝得一點都不可愛～～」

「我都照你說的講了，你這樣是說話不算話喔。」

「講這種話口氣可以平板到這個地步？咦，是說你真的想聽嗎？真假？」

約施卡顯得大感意外，但又有點興沖沖地探身湊近辛。

辛毫不留情地潑他冷水。

「不，沒有特別想聽。只是約施卡你還沒開口，整張臉就已經鬆弛到好笑的地步，我覺得邊喝紅茶邊看你搞笑也不錯。」

「搞什麼嘛，原來……」

約施卡嘆息到一半……

忽然間，他的視線轉向了窗外。

就像發現蝴蝶飛過的貓，或是有小鳥從頭上飛過而抬起臉來的獵犬，那是一種以狩獵為生的肉食動物的本能，對快速閃過的物體產生直覺反應的動作。

辛以為真的有鳥或蝴蝶飛過，但約施卡眼睛聚焦的位置很遠。更何況現在是晚上，只有貓頭鷹或蛾才會在這種時間飛動，而從這種明亮的室內不可能看得見那種小動物。

辛帶著些許疑心問道：

「約施卡？」

「沒什麼，只是剛才天空中有東西閃了一下──」

約施卡一邊說一邊皺眉注視著夜空剛才可能有過閃光的位置。

辛也順著他的視線望去，看到星辰般的強光再次輝亮地閃爍了一下。

顏色火紅的光點隨即消失，辛把視線轉回來，歪頭感到不解。他對星象或天文現象不怎麼感興趣，只懂一些用來推測方位或氣象的知識，所以如果問他剛才那個是什麼，他只能想到這點程度的可能性。

「會是流星嗎？」

只是那光點看起來像是閃爍後瞬即消失，似乎沒有下墜。

「我也這麼覺得，那個位置在這個時間應該沒有星星，但好像哪裡怪怪的……？」

約施卡依然皺著眉頭，小聲沉吟。

同一時刻。

砰！戴著白手套的手掌往黑檀木辦公桌上用力一拍。

西方方面軍參謀長維蘭・埃倫弗里德在無意識中做出了這種情緒化的舉動，而且毫無自覺。去年的電磁加速砲型討伐作戰當中，他坐鎮隨時可能被電磁加速砲型一砲炸飛的最前線基地，身處於祖國可能面臨滅亡命運的絕望戰況也不曾失去平靜，此時那白皙端正的面孔卻因為神經緊張而歪扭變形。

身為昔日帝國統治階級的大貴族後裔，身為手中握有無數兵士性命並下令讓他們送死的一名將領，他不允許自己向他人暴露出內心的情緒與動搖。他自幼就受到這種教育，長年以來也如此自我約束，如今這種行為舉止已經超出了習慣或下意識，變成甚至可說深植內心的本能。

然而此時此刻的緊迫情勢與焦躁心情，竟讓他一時失去了這種深入骨髓的本能。

「中計了」。

周圍的全像視窗顯示出某座構造物的分析結果。

那是建造於雷古威德船團國群北方，沿岸三百公里外的海上「軍團」砲陣地據點，代號「摩天貝樓」。

這份三維構造圖以自該據點登陸的「女武神」任務記錄器檔案作為重新建構基礎，不足的部分再從諾伊勒納爾莎聖教國的戰場深處——以攻性工廠型為誘餌隱匿的據點的光學影像加以補足建構而成。在投影的全像視窗上，這座以藍白光線精細地組成，極具特徵的鋼鐵之塔，多出了無論是執行摩天貝樓據點壓制任務的處理終端或該作戰的作戰指揮官都未曾於報告中提及的構造。

之所以沒有報告，想必只是因為他們沒有看到。無論是八六少年兵或是身為作戰指揮官的少女……就連同行的聯合王國異能者王子，恐怕都未曾注意到那個東西。因為當他們到了懂事的年紀時，「那裡」早已不是戰場。

……能夠事前收到警訊避免在毫無防備的狀態下遭受來自「那裡」的攻擊，或許已經該慶幸了。

在獲得位於支配區域深處的指揮官機——攻性工廠型以及自動工廠型等機種的控制系統，將人力資源集中於它的分析工作的同時，卻也為了以備萬一而命人分析摩天貝樓據點的構造，可以說並沒有白費力氣。

他很清楚這一點，卻還是無法掃除內心的羞愧。

在全像視窗的三維構造圖當中，摩天貝樓廣大的內部空間補上了斜向貫穿整座塔的巨大圓筒狀構造，忽隱忽現地閃爍。

從最下層直直貫穿到海面上百餘公尺的最上層。以八條軌道組成的筒狀構造描繪出陡急的弧線，到了塔頂附近幾乎是垂直指天。圓筒的直徑大到從計算上而論，甚至可以讓列車車輛在內部高速行駛。

當然筒中收納、「發射」的物體不會是列車，更不是什麼電磁加速砲型。

自己怎麼會這麼糊塗？

分明知道它的存在，卻想都不曾想像到？

——那是在十一年前，「軍團」戰爭開戰與緊接在後的革命過程之中。

帝國擁有的人造衛星在局勢一倒向革命軍的瞬間，就幾乎全被皇室派的司令據點發出自毀命令，並依照命令停止了運作。

當時這些衛星以疑似人為蓄意的方式化為巨大碎塊飛散分解，結果使得在附近軌道繞行的他國人造衛星也遭受波及。人造衛星會以秒速數千公尺的超高速在固定軌道上飛行，如果只是零件脫落等小塊垃圾撞上還好，被質量超過數噸的碎塊直接擊中不可能沒事。這些衛星被撞壞或因此跟著分解，就這樣在軌道上造成了連鎖性毀滅。

結果使得人造衛星運行的各軌道上布滿了太空垃圾。質量較大的垃圾不太容易降低高度，因此它們至今仍然停留在軌道上。衛星軌道上原本就已經滿是廢棄殘骸，想重新發射人造衛星必須先仔細清理軌道上的碎片，如今正處於戰爭時期，縱使是大陸最大的國家聯邦也難以籌措重新發射所需的龐大預算與燃料。再加上受到高度較低的成堆垃圾妨礙，穿越雲霄飛行於該高度的彈道飛彈也變得無法運用。

只不過，同樣的條件也妨礙了「軍團」。

「軍團」當初的開發目的是用來代替兵卒到下級軍官等人員。縱然是開發者想必也沒考慮過讓它們運用彈道飛彈這種戰略武器，而且必定也列為禁規（防護設定）之一以策安全。「軍團」至今從來不曾運用過彈道飛彈等武器，低命中率的彈道飛彈不可或缺的核武也不例外。

所以不只是維蘭，階級在他之上的聯合參謀本部或聯邦軍也都沒想到這個可能性。

想都沒想過「軍團」會用上未受禁止的其他手段運用衛星軌道，成功讓人造衛星或類似的武器升空。

在船團國群的碧海戰場，以及聖教國灰雪飄降的戰場，雙雙接到報告的六芒星鋼鐵之塔。

那個原來是……

用來將它們的人造衛星發射到軌道上的……

「外太空質量投射器（Mass driver）……！」

†

人造衛星正如其名，是作為衛星環繞行星運行，發揮通訊媒介或偵察、定位以及氣象預報等作用的機械類總稱。

高度與軌道等等依照衛星的用途各有不同，不過原則上直到壽命結束之前，都會停留在投放的高度與軌道上持續運行。有的高度較低，從地面上看起來像是在移動；有的高度位於數萬公里的遙遠彼方，看起來彷彿靜止不動，但實際上兩者都是沿著軌道持續移動。

沒錯，嚴密而論，人造衛星並非「飄浮」於軌道上。

而是從地表以秒速約八千公尺的超高速，被拋上遠達數百甚至數萬公里的高處，從那數百公里的高空繼續以每秒八千公尺的速度往地平線的彼方「持續墜落」。

EIGHTY SIX

The number is the land which isn't
admitted in the country.
And they're also boys and girls
from the land.

ASATO ASATO PRESENTS
[作者] 安里アサト
ILLUSTRATION／SHIRABII
[插畫] しらび
MECHANICALDESIGN／I-IV
[機械設定] I-Ⅳ

Kadokawa Fantastic Novels

86

—不存在的戰區—

Judgment Day.
The hatred runs deeper.

[Ep. 11]

— Dies passionis —

CHARACTERS

齊亞德聯邦軍
「第86獨立機動打擊群」

辛

被聖瑪格諾利亞共和國蓋上代表非人——「八六」烙印的少年。擁有能聽見軍團「聲音」的異能，以及卓越的操縱技術。擔任新設立的「第86獨立機動打擊群」總戰隊長。

蕾娜

曾與辛等「八六」一同抗戰到底的少女指揮管制官。奇蹟般地與奔赴死地的辛等人重逢後，於齊亞德聯邦軍出任作戰總指揮官，再次與他們共同征戰。

芙蕾德利嘉

開發「軍團」的舊齊亞德帝國遺孤。與辛等人一同對抗過往昔的家臣，同時也如親哥哥的齊利亞。在「第86獨立機動打擊群」擔任蕾娜的管制助理。已確定為全軍團停止的「關鍵」。

萊登

與辛一同逃至聯邦的「八六」少年。跟辛有著不解之緣，一直以來都在幫助因為「異能」而容易遭受排擠的辛。

可蕾娜

「八六」少女，狙擊本領出類拔萃。對辛表達心意之後，終於能夠踏出新的一步。

賽歐

「八六」少年。個性淡漠，嘴巴有點毒，而且愛挖苦人。受到斷臂的重傷後離開部隊。

安琪

「八六」少女。個性文靜端莊，但戰鬥時會表現出偏激的一面。擅長使用飛彈進行大範圍壓制。

葛蕾蒂

聯邦軍上校，能理解辛等人的心情，後來擔任「第86獨立機動打擊群」旅團長。

阿涅塔

蕾娜的摯友，擔任「知覺同步」系統的研究主任，和過去同住在共和國第一區的辛是兒時玩伴。

西汀

「八六」之一，在辛等人離去後成為蕾娜的部下，率領蕾娜的直衛部隊。

夏娜

從待在共和國第八十六區時就在西汀隊上擔任副長發揮才能的女性。與西汀正好相反，個性冷若冰霜。

瑞圖

與「第86機動打擊群」會合的「八六」少年。出身於過去辛隸屬的部隊。

滿陽

與瑞圖同樣和機動打擊群會合的「八六」少女。個性認真文靜，就是這樣。

達斯汀

共和國學生，曾於共和國崩壞前發表演說，譴責國家對待「八六」們的方式；在得到聯邦救援後志願從軍。

馬塞爾

聯邦軍人。在過去的戰鬥中負傷造成後遺症，於是改以輔佐蕾娜指揮的管制官身分從軍。

尤德

與瑞圖、滿陽等人一同加入戰線的「八六」少年。沉默寡言但身懷卓越超群的操縱與指揮能力。

奧利維亞

以瓦爾特盟約同盟派遣的新兵器教官身分與機動打擊群會合。外貌如女性的青年軍官。

維克

羅亞·葛雷基亞聯合王國的第五王子，當代先天異才保有者「紫晶」且開發了人型控制裝置「西琳」。

蕾爾赫

半自律兵器控制裝置「西琳」一號機，採用了維克青梅竹馬的腦組織。

D-DAY MINUS ONE.

At the Celestial year of 2150.9.30

DIES PASSIONIS

星暦二一五〇年　九月三十日

D-1日

Judgment Day. The hatred runs deeper.

09.30

The number is the land which isn't admitted in the country.
And they're also boys and girls from the land.

EIGHTY SIX

『無貌者呼叫統括網路指揮官機全機。』

在昔日敵國齊亞德聯邦以西，故國聖瑪格諾利亞共和國以東。置身於如今已納入「軍團」支配下的夾縫戰場，識別名稱「無貌者」的「牧羊人」發出宣告。

呼喚的對象為統括網路中樞——「軍團」部隊階級最高、規模最大，對席捲大陸全境的全「軍團」發號施令的全軍層級指揮官機們。它對執行大陸規模作戰的殺戮機器部隊各長官宣布：

『假情報欺敵作戰「內維爾作戰」，全階段結束。』

「她」成為俘虜時曾一度讓它心生疑慮，不過至少還是按照原定計畫，讓聯邦的戰略判斷暫時出錯了。

藉由流體奈米機械的仿神經系統，無貌者冷靜透徹地做出判斷。反聯合王國戰線指揮官機，識別名稱「女主人」，生前姓名為瑟琳・比爾肯鮑姆。

她在成為戰俘之後，必定成了聯邦的情報來源。聯邦以及與他們處於合作關係的各國自從女主人被俘之後，搜索眼光的嚴峻程度都明顯變得更甚以往。

就像是在尋找什麼，或者是害怕什麼。

所以為了讓他們容易看到，它們提供了讓那些人疲於奔命的威脅。

諸如派往船團國群近海現身的兩棲突擊戰艦型（虎鯨）、量產型的高機動型（Phoenix），以及於極西諸國與空白地帶指示建造的陸上戰艦型（斐迪南）。彷彿這些就是「軍團」為了下一波大規模攻勢所準備的決勝王牌。

這一切，全是欺敵戰術。

『無貌者呼叫統括網路指揮官機全機，以及第一廣域網路所屬全機。』

呼喚對象為統括網路，亦即能夠同時指揮席捲大陸全境之全體「軍團」，展開吞沒大陸全境之作戰的總指揮官機們。

換言之，本次作戰的規模將會更甚於去年夏季由無貌者擊響號砲，往四個國家發動的大型攻勢——由數十萬架「軍團」展開的殲滅作戰。

『現在開始進行殲滅作戰「震怒日（Dies Irae）」。』

D-DAY.

At the Celestial year of 2150.10.1

DIES PASSIONIS

星曆二一五〇年　十月一日

D日（作戰當日）

Judgment Day. The hatred runs deeper.

The number is the land which isn't admitted in the country.
And they're also boys and girls from the land.

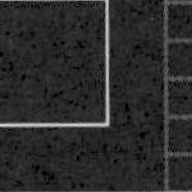

EIGHTY SIX

聯邦標準時間，零時十七分。

齊亞德聯邦南部第二戰線，第十八機甲軍團部署戰區遭受多發砲彈轟擊。與該軍團司令部基地失聯。

反火砲、反迫擊砲預警雷達記錄到來自戰區「正上方」之敵軍砲彈軌跡。

零時二十二分。

雷古戚德船團國群防衛線遭受來自戰區正上方之多發砲彈轟擊。

零時二十五分。

齊亞德聯邦北部第二戰線、同上第一戰線、南部第一戰線，遭受來自戰區正上方之多發砲彈轟擊。

零時二十九分。
瓦爾特盟約同盟東部戰線遭受來自戰區正上方之多發砲彈轟擊。

零時三十一分。
羅亞・葛雷基亞聯合王國南方戰線遭受來自戰區正上方之多發砲彈轟擊。

零時三十四分。
大陸南方，盟約同盟接獲來自基西拉大公國之報告，指出該國遭受來自戰區正上方之砲擊。

零時五十一分。
聯邦西方方面軍司令部對西方方面軍前線部隊發出撤退命令。隨後指示預備部隊於預備防衛陣地散開。

同右，東方方面軍司令部，北方第一、第二、第三、第四方面軍司令部，南方第一、第二、第三、第四方面軍司令部亦對麾下各前線部隊發出撤退命令，並命令待命後備軍於陣地散開。

四時四十五分。
諾伊勒納爾莎聖教國北部戰線遭受來自戰區正上方之多發砲彈轟擊。

十一時〇八分。
聯邦東部戰線遭受來自戰區正上方之多發砲彈轟擊。

十一時五十五分。
聯邦北部第三、第四戰線，南部第三、第四戰線，遭受來自戰區正上方之多發砲彈轟擊。

十二時十一分。

聯邦南部第二戰線觀測到「軍團」多個部隊之攻性發起行動。
此後長達一百五十四分鐘，各戰線、各國皆有報告指出「軍團」之攻性發起與交戰行動。

十二時二十四分。
聯邦軍開始交戰。來自正上方之砲擊仍未停火。
留置部隊開始進行阻滯作戰，預備部隊展開阻截砲擊。本隊繼續進行後退行動。

十五時〇六分。
最後一次觀測到來自正上方之砲擊。之後未曾收到同樣砲擊之報告暨觀測紀錄。
「軍團」攻勢仍未止息。

十六時十二分。
雷古戚德船團國群最終防衛線失守。

十八時四十七分。
諾伊勒納爾莎聖教國、極西諸國失聯。

十八時五十九分。
瓦爾特盟約同盟第一防衛線失守，後退至第二防衛線。

十九時二十六分。
基西拉大公國、南岸各國失聯。

二十一時三十二分。
羅亞．葛雷基亞聯合王國，龍骸山脈失守。後退至山麓地區備用陣地帶。於南部平原開始建構防衛線。

二十一時四十九分。

齊亞德聯邦，北部第三戰線，已後退至預備防衛陣地帶。

二十二時三十四分。

聯邦全戰線已後退至預備防衛陣地帶。

二十二時五十七分。

聯邦全戰線成功阻止「軍團」部隊之前進。

二十三時四十九分。

聯邦全戰線於預備防衛陣地帶陷入膠著狀態。

D-DAY PLUS ONE.

At the Celestial year of 2150.10.2

DIES PASSIONIS

星暦二一五〇年　十月二日

D+1日

Judgment Day. The hatred runs deeper.

The number is the land which isn't admitted in the country.
And they're also boys and girls from the land.

86 EIGHTY SIX

「昨天『軍團』的同時攻擊──第二次大規模攻勢，已經導致目前能確認到的人類圈戰線全數後退了。」

在機動打擊群總部──軍械庫基地的大會議室，與會的指揮官們的影子拉長落在地上。

由身為旅團長的葛蕾蒂為首，除了辛等機甲群總隊長、包括蕾娜在內的四名作戰指揮官與幕僚們之外，研究班長與整備班長也加入他們之間圍著大桌。

聯合王國軍的外派人員維克與柴夏，以及盟約同盟軍所屬的奧利維亞這時正前往西方方面軍聯合司令部確認各自祖國的戰況，沒有到場。

辛略為環顧這間會議室後，視線轉回葛蕾蒂身上。

辛等八六原先為了準備參加反攻作戰(大君主作戰)，正在休假，然而放假上學還不到一天就被緊急召回。從漸漸開始適應的「和平日子」突然受到召集，面對短短一天之內發生巨變的戰況，就算是他們這些老兵也無法一時間切換意識。

究竟……

發生了什麼事？現在的情況是？

在眾人的視線聚集處，葛蕾蒂身邊帶著個人專用的無數全像視窗，繼續說道：

「入侵聯邦西部戰線的『軍團』五個軍團，目前於第二預備防衛陣地帶──森蒂斯・希崔斯防衛線停止進攻。除了零散地發生小規模戰鬥——小衝突之外，整體戰線目前依然膠著。東部戰線及北部、南部的第一到第四戰線也一樣，在預備防衛陣地帶陷入膠著。」

全像視窗展開主視窗，顯示出聯邦整體的戰區圖。圖上以藍線標示出東西幅員遼闊的聯邦南北各四條戰線，以及東部與此處西部戰線的目前位置。聯邦除了西部戰線以外皆受惠於山脈或大河等天險，以往只用比較少數的戰力就能堅守防衛線。

這九條戰線，如今險要地帶已被破壞殆盡，被迫退至後方的開闊地形或沼澤地——姑且不論重量較重的機甲兵器寸步難行的沼澤地，重戰車型（Dinosauria）和戰車型（Löwe）到了開闊地形可謂如魚得水。雖說戰況目前膠著，今後的防衛狀況將會相當嚴苛。

「以諾伊勒納爾莎聖教國為首的極西諸國，以及基西拉大公國等南部沿岸諸國，至今依然失聯。雷古威德船團國群已被突破最終防衛線，殘存兵力現正於索提利亞船團國領土展開阻滯戰。船團國請求讓國民前往聯合王國與聯邦避難，目前已經開始準備接受難民了。事實上——可以認定這個國家已經滅亡。」

全像視窗接連展開，顯示出大陸極西部的——位於盟約同盟後方的大陸南部沿岸、大陸北方船團國群，以及盟約同盟與聯合王國全境的戰區圖。

顯示出每個戰線……敗退的現況。

「盟約同盟放棄第二防衛線，後退至最終絕對防衛線。聯合王國方面，龍骸山脈已經失守，國軍對龍骸基線隧道的聯合王國端出口進行爆破處理，並後退至山麓地區。目前軍方正一面防

守，一面在背後的平原地帶緊急施工建構防衛陣地帶。此後我國與兩國之間不曾取得聯絡，但無線電可以正常監聽。目前還在進行抗戰。」

之所以失去聯繫，是怕有任何情報走漏，還是連那多餘心力都沒有了？

辛抬頭看著地圖，只見聯邦、聯合王國與盟約同盟之間擠滿了厚厚一層敵性勢力（軍團）的紅色軍事符號（光點），徹底淹沒了短短幾天前還確實存在的幾條交通要道。三個國家前線同時大幅後退，勢力範圍縮小程度更甚於去年的第一次大規模攻勢。豈止多國協同作戰已是不可能的事，就連一隻老鼠都別想進出。

毋寧說隔著這麼遠的距離還能監聽無線電已是一樁奇蹟了。「軍團」勢力範圍的急速擴大，讓阻電擾亂型（Eintagsfliege）來不及在新區域散開。

只因為進攻速度實在太猛太急。

眼睛轉向聯邦西部戰線的戰區地圖，可以看到隔著流經戰鬥屬地諾伊達福尼與諾伊加丹尼爾東部的森蒂斯河與希崔斯河，「軍團」與西方方面軍各以五個軍團僵持不下。從北到南，將四個戰鬥屬地（Wolfsland）切分為中西部與東部兩塊的大河流域，早在之前就建構好了森蒂斯．希崔斯線此一預備防禦陣地帶，而在昨日遭受攻打後又打進了大量散布地雷進一步加強防備。

位置十分貼近加強舊帝國邊防的戰鬥屬地，以及內側受到保護的屬地的交界處。只要再被敵軍闖入短短數十公里，戰火就會波及負責生產的屬地。為了維持聯邦眼下的生產能力，這裡就是事實上的最終防衛線。

位於屬地席爾瓦斯西端與戰鬥屬地白洛斯交界處的這座軍械庫基地，如今也斷斷續續傳來隆隆遠雷般的砲聲，鄰街居民已經開始準備避難以防萬一。

看出這些狀況之後，辛將目光轉向葛蕾蒂。聯邦與各勢力範圍戰線崩潰的關鍵，那無數的砲擊——辛就連西部戰線被砲火轟炸時都沒能聽見「軍團」開砲的聲音……

「可是說到底，究竟發生了什麼事？一開始摧毀各戰線的同時砲擊到底是——難道敵軍布署了大量我軍未曾掌握到的電磁加速砲型？」

「不。」

葛蕾蒂搖了頭，另外叫出一個全像視窗。

夜空的影像顯示在視窗上，位於高空的畫面沒有照到任何地表建築物。在白色雜訊粒子閃動、一片黑暗的粗糙畫面上，火紅色的流星群一條條斜著飛墜而下，劃破被切成一小塊的夜空。

忽然間，辛感覺到有種既視感掠過腦海。

他看過跟這一樣的畫面，就在戰況產生巨變的兩天前。在西方方面軍聯合司令部基地的一個房間，跟那個青年親戚一起。

——會是流星嗎？

——我也這麼覺得，那個位置在這個時間應該沒有星星。

那光點閃爍之後，隨即消失。不該存在的星辰，呈現火焰般的紅色。

那是……那個就是，於各戰線大量落下的——……

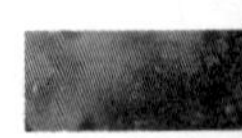

「據推測，砲擊來自挪用人造衛星發射的彈道飛彈。」

帶著不解或疑問的沉默落在指揮官們之間。

「在進行說明之前——我想先問你們，知不知道什麼是彈道飛彈？」

從開戰前就已經是正規軍人的幕僚們、研究班長與整備班長都帶著理所當然的表情點頭，蕾娜也還知道一點基礎知識所以跟著點頭，但包括辛在內的八六都依然一臉疑惑。

葛蕾蒂露出不意外的表情點點頭。

「我想也是。畢竟『軍團』至今從未使用過彈道飛彈，也沒用過巡弋飛彈嘛。阻電擾亂型的電磁干擾會讓導引失效，又有太空垃圾礙事，所以我們聯邦還有聯合王國的彈道飛彈也都幾乎是擺在倉庫裡占位子。」

「就是運用火箭引擎發射到大氣層外，然後基本上任由重力牽引順著拋物線軌道丟到地表目標頭上的遠程飛彈啦。」

研究班長做了補充。這人又高又瘦，原為茶褐色的長髮不知為何染成雜色紮起，有著一雙綠色眼睛。

「大氣層外顧名思義，沒有大氣。由於不會因為空氣阻力造成能量損失，可以攻擊到比大氣層內更遠的距離。以最大射程來說，可以從大陸西端射到東端。只不過降落過程中無法進行導引，命中精度很差，都是用能夠摧毀廣大範圍的核彈頭來彌補——目前就像葛蕾蒂……說錯，維契爾上校說的一樣，擁有這種飛彈的國家都是藏而不用。況且要是拿來亂射一通，到時候被汙染的可是自國領土。」

「然後，假如以火箭拋射時，將墜落的拋物線設定為永久墜向地平線的另一頭而不是地表，飛彈就會在離心力與重力的影響下繞著行星周圍不停轉圈圈。這就是人造衛星。換言之，彈道飛彈與人造衛星在發射到外太空然後任其墜落這點是一樣的，不同之處只在於墜落位置是地表，還是天際。」

也就是說……

「『軍團』事先將大量人造衛星發射到軌道上，然後故意讓它們同時墜落當成彈道飛彈來運用。人造衛星會裝載推進劑用以維持高度，而『軍團』似乎將它們挪用為墜落時的推力。投射來源為船團國群作戰中登陸的『軍團』據點——我們稱之為摩天貝樓的發射設施。在聖教國的戰線也已發現到同樣的設施，可以推測在其他支配區域的深處必定也分散設置了幾座。」

「……問題是，葛蕾蒂，這樣怎麼會偵測不到？」

研究班長歪過腦袋連同上半身，提出疑問。綠眼睛透出的眼神不像是想反駁，只是純粹感到不可思議。

「無論是發射人造衛星還是彈道飛彈，燃燒推進劑都會產生高溫，倖存的早期預警衛星不可能沒偵測到啊。聯合王國應該也還有幾顆早期預警衛星沒被破壞，但他們那邊也沒提出報告對

吧？更何況人造衛星光是要發射一顆都需要大量燃料。那些『軍團』究竟能從哪裡湊到大量升空所需的燃料——」

飛在外太空的火箭或飛彈無法運用需要利用空氣提供推力的噴射發動機。

作為替代方案的就是火箭引擎，但缺點是運輸效率太差。尤其是人造衛星發射到軌道上需要秒速大約八千公尺的超高速，為了達到這個速度，所需的重量與燃料比例為一比十。效率差到要讓一噸的人造衛星升空，足足需要消耗十噸燃料。當然產生的溫度也極高，就連位於靜止軌道上的早期預警衛星都能輕易偵測到。

「是呀，秒速需要約八千公尺——據參謀本部推測，『軍團』使用的不是噴射發動機，而是用上應用磁軌砲原理的外太空質量投射器，花費低於火箭的成本讓人造衛星升空。」

「啊——！」

研究班長大叫出聲。秒速約八千公尺。

口徑八百毫米，能夠將重達數噸的砲彈以秒速八千公尺射出的電磁加速砲型早就作為「軍團」的戰力被投入戰局，如今已經達成量產與大型化——儘管無論是電磁砲艦型或攻性工廠型都僅是增加個體的內藏能量與砲門數，而不是擴大口徑。

既然都能增加能量了，怎麼能肯定它們不曾嘗試擴大口徑——增加砲彈的重量？

或者說不定電磁加速砲型本身其實最終目標就是製作質量投射器的試製機，才會嘗試達到秒速八千公尺這種超出想像的彈速？

「彈道飛彈彈速快，外殼也硬得能夠撐過重返大氣層的過程，因此一旦發射就很難攔截。西方方面軍參謀本部也是在攻擊開始的前一刻才交出分析結果——那時實在無從因應。不如說，各方面軍的參謀本部以及中央的聯合參謀本部才一天就能整理出各方面軍的撤退計畫，已經很能幹了。」

葛蕾蒂說出這番話，同時想像那個身任西方方面軍參謀本部部長的劊子手一定不會同意。

人造衛星一旦升空就無法變更軌道；彈道飛彈在開始墜落後就不可能變更瞄準目標。基於這兩點，撤退計畫的內容是從「軍團」在攻擊開始那一刻最有可能瞄準的地點——聯邦過半兵力聚集的最前線，於第一時間撤走這些過半兵力。

照常理來想，這絕不是一天能擬出的計畫。不但要讓總兵數超過數百萬的聯邦全軍有秩序地撤退，還得選定適切地點作為撤退後的預備陣地。在預備陣地帶必須布署待命後備軍並充分提供砲彈彈藥以確實阻止「軍團」，而且必須抓準時機，以利一面完成友軍的撤退行動一面在敵軍面前投射大量地雷。為了達到這些目標，所有——數量龐大的——情報都需要經過詳查。

儘管無法得知砲彈衛星何時會開始攻擊，既然在開始攻擊之前不能讓前線後退，一旦開始了又無從抵禦，只能打定主意先從現有的情報制定最低限度的計畫，然後在攻擊實際開始之前依序詳查並修正內容。

軍隊指揮寧拙於機智而貴在神速。依據這項原則，參謀本部僅用一日時間擬定的最低限度撤退計畫最終都能充分派上用場已經算是盡力了，同時也可稱讚在刻不容緩的情況下還能忠於命令

實行這項計畫的聯邦軍將士訓練有素，在關鍵時刻發揮了效果。平日腳踏實地收集情報並進行詳查，以及每天的訓練，就在這一刻收到了該有的成效。

「還有，用的不是核彈頭而是普通的質量彈也是不幸中的大幸。雖然防衛設備大半都被炸毀，但不像核彈頭會放出熱輻射或衝擊波，只要沒待在彈著地點就能減少人員損耗——事實上，聯邦軍也是從南方戰線最早遭受砲擊之後就立刻後退了，傷亡人數就被害規模來說還算少。」

只是……

「當然，我們已經對各國發出警告了——但至少必須說，我們沒能來得及救到船團國群。」

這點就通訊失聯的極西諸國與南岸各國來說恐怕也一樣，而國土原本就不算寬廣又被推至最終防衛線後方的盟約同盟，以及不得不將占了國內糧食過半生產量的南部產糧區改建為防衛線的聯合王國，想必狀況也不樂觀。

「現在知道用的是人造衛星，要偵測就不難了。人造衛星很難匿蹤化，而且一旦投上軌道就幾乎無法移動位置。軍方已經從戰前資料檢查過人造衛星的數量增減，至少以後不會再被奇襲了。如果能摧毀質量投射器更好，不過目前可能得先傾盡全力死守戰線才行。」

葛蕾蒂一邊說一邊開啟「軍團」的質量投射器——確定為此種設備的摩天貝樓據點，以及建造於空白地帶深處的鋼鐵高塔的圖片。然後又是一張圖片。

辛倒抽一口氣。

這是半年前，於夏綠特市地下鐵總站進行壓制作戰的紀錄。當時辛被變成「黑羊」的凱耶推落採光用主豎井的底層，就在他和高機動型初次邂逅、交手的那個戰場。

廣大的大廳，無論是牆面或地板都鑲嵌著深藍帶紫的鏡面磁磚。崩塌的金屬玻璃遊廊斜插於地面。中央肅然聳立著——輪齒依然嘰嘰作響，彷彿以時鐘塔內部構造組合而成的飛輪塔——

「充電用的設備」。

然後不知道在哪棟大樓當中有著貫穿整棟大樓伸向高空的軌道狀構造物。

他本來以為凱耶想讓他看的，想告知他的事物是高機動型。

難道其實不是——……？

葛蕾蒂接著說下去，語氣冷靜透徹。

「在共和國夏綠特市也已經發現了類似質量投射器的構造物。」

至少在那時候，「軍團」已經在策劃使用砲彈衛星展開攻擊。

換言之……

「換言之，『無情女王』——瑟琳·比爾肯鮑姆提供的情報，其實是用來隱藏『軍團』真正作戰目標的欺敵情報。」

『——怎麼可能。』

「軍團」不具有感情，但或許還是會有驚愕的反應。

維克面對關住瑟琳的貨櫃，聽到她的機械語音依然冰冷卻發出錯愕的呻吟，便冷冷地如此心想。

「——聯邦軍懷疑妳投降與提供情報都是用來隱瞞這場攻擊的圈套。事實上我們也的確被騙得團團轉。為了不讓第二次大規模攻勢發生，大家都拚了命從『軍團』身上收集情報。」

對，第二次大規模攻勢確是事實。

但是作為進攻手段，瑟琳提出的電磁加速砲型量產化——「軍團」的升級計畫，根本不是大規模攻勢的什麼祕密武器。

顯然不合理的高機動型量產化、電磁砲艦型和攻性工廠型的製造也是。

「就現況來判斷，妳所帶來的一切情報全是用來隱藏彈道飛彈的誘餌，也的確奏效了。」

『……』

「只是——」

對，還有但是。

「我個人認為妳也是上了『軍團』的當。」

在得知電磁砲艦型的消息時，瑟琳的回答是「難以理解」。那句話應該不是謊話。

為了避免情報洩漏，情報不需要向不相關人員公開。這項基本原則，對「軍團」想必同樣適用。因此，它們要對瑟琳隱瞞真相絕非難事。為了提升可信度，讓瑟琳對假情報信以為真會更利於行事。

同時，也是為了不讓瑟琳推測出真相。

不知是從機動打擊群作為挺進部隊成立之後，或是潛藏於支配區域深處的第一架電磁加速砲型被展開追擊的「女武神」小隊打倒之後隨即想到了這個計畫，總之當聯邦軍開始重點式打擊司令據點與指揮官機後，「軍團」就故意將瑟琳雙手奉送，讓人類中計俘虜了她。

只具備殺戮功能的「軍團」不是人類，幾乎所有諜報手段對它們都不管用。人類想從它們身上挖出祕密情報，只能竊聽通訊破解刁頑的祕密代碼，或是直接找藏有重要情報的本部下手。

出入口是人員出入最多的地方——所以圈套設置起來才有效。

要設陷阱，就該設在一定會成為目標的對象上。

於是，瑟琳就被當成了讓人類取得欺敵情報的棄子。或者也有可能剛好只是瑟琳被人類擄獲，其他指揮官機也都無一例外地被當成了棄子。

戰鬥機器的冷靜透徹讓它們為了殲滅敵對勢力，連指揮官機都不惜捨棄。

如同蜜蜂和螞蟻為了族群利益，會殺死年老的女王。看在人類眼裡顯得殘忍，對行動理論異於人類的物種而言卻合乎理性。

「為了保護祖國而賦予『軍團』無情天性的妳，現在反被『軍團』的這套理論捨棄。真是諷刺啊，無情女王。」

『————』

對於維克的揶揄，瑟琳回以沉默。維克疑惑地揚起一邊眉毛。

總不會一架殺戮機器被這種話給惹惱了吧？

「怎麼了？」

瑟琳回答了，語氣平淡。

但是語調堅定。

『——不。』

†

「——就算是我們，也實在沒想過我們機動打擊群至今的戰果會在一天之內化為烏有呢。」

在一個月前的船團國群派遣作戰中身受重傷的尤德，目前待在專為需要長期療養與復健的患者安排的軍醫院，儘管已經脫離需要靜養的時期，走路還少不了拐杖，一隻手也還吊著。賽歐在他現在傷勢已經痊癒的左手邊放了一杯咖啡，拿一把談話室的椅子坐下。

他從剛才先放到桌上的托盤上端起了自己那杯咖啡。

用別針別起左臂多餘袖口的賽歐拿了兩個紙杯時，附近一名護理師看了他一眼，但看到他準備用托盤端咖啡就沒有特別過來關心了。這件事不知為何讓他有點開心。

尤德單手拿起賽歐一起拿過來的棒型糖包，靈巧地用犬齒咬破紙包裝，一面倒進咖啡裡一面回話：

「豈止如此，聯邦這兩年多的前進等於是一次被推回來了。新聞上看起來像是受到了沉痛的打擊，不知道外面的情況怎麼樣了。」

「我現在的長官偷偷告訴我，總之軍方先把機動打擊群裡預定放假的第一群也叫回來了。無可避免地，我現在待的基地也是鬧哄哄的。好像說是士兵人數不足，預備役的年齡可能需要往前拉，現在正在把人員叫回來。」

從機甲科轉調後方支援部隊的賽歐目前被分發到聖耶德爾的郊外基地接受相關教育。那裡是負責新兵訓練以及預備役再訓練的教育部隊基地，因此前線死傷慘重的狀況當然就成了切身的問題。

「然後，跟我在基地聽說的狀況比起來，像是堆積如山的遺體和被炸毀的最前線——不對，應該說是以前的最前線？總之新聞只是沒有播出那些畫面，其他就沒有隱瞞什麼了。聽說尤德你們來到聯邦之前，國內初次遭到電磁加速砲型砲擊的時候也是這樣。」

賽歐過來這裡之前先去了恩斯特的府邸一趟，這些消息都是在那裡聽泰蕾莎說的。她說新聞自由是近代民主主義的基本，雖然不該做出煽動群眾不安的行為，也不能對國民隱瞞情報。

「因為做法一向如此——政府與軍方的做法向來如此，市民這次也姑且選擇相信新聞內容，好像有在努力保持鎮定。雖然實際上氣氛很緊繃就是了。」

平常那個以冷靜口吻為特色的新聞主播，語調從昨天開始變得帶有幾分嚴肅；基地餐廳裡士兵之間發生小衝突並不稀奇，但場面比平時火爆；在帝都廣場也有奇怪的集團高喊政治口號。

幾名自以為是遊行隊的年輕人慢步前行，滿臉悲壯神情高舉的告示牌文字痛批恩斯特政權為無能的獨裁者。

「——雖然我也不是不能體會他們的心情啦。」

賽歐輕聲補了一句，想起剛才在對街偶然看到的那個年輕遊行隊身上穿的衣服。

他們穿得很單薄。位於大陸北部的聖耶德爾天氣已漸漸轉冷，該把大衣拿出來了，但那些人的穿著卻單薄得像是夏裝。

就像都已經入秋了還沒準備大衣似的；就像直到昨天都還待在更南方，到了十月還不用穿大衣的溫暖地區。

「最前線撐不到一天就被迫後退，一些人因為這樣不得不緊急避難，火氣當然會很大了。」

一夜之間變成戰線腹地的行省外圍地區的居民們，目前正依序接受指示，到內地的各都市避難。

由於突然出現一次接受龐大難民的需求，部分難民也被送到了距離遙遠的聖耶德爾。輸送方式為優先搭乘聯邦國內鐵路，並提供飯店、汽車旅館或尚有空房的公寓作為臨時住宅，而且避難時似乎也有給民眾整理行李的時間，只是……

「因為防衛戰開打之後會很危險……應該說打防衛戰時會礙事，所以遇到那種放話說『我絕對不會離開這座家傳的農場！』的老頑固，軍人好像就拿槍對著人家直接拖走，做法滿粗暴的。這是我在基地聽說的。」

即使招人怨恨也得保衛國民是軍方的職責，況且非武裝平民留在戰場上不只會送命，甚至會妨礙作戰行動。

所以軍人對那些人怒吼，把他們從家裡拖出來，遇到小孩索性一把揪起，用槍口把他們趕到安全的內地，但是被驅趕的一方當然會心生反感跟不滿了。自己跟親朋好友這麼慘，看這座過著平靜生活的城市也不會順眼。

「還有就是戰鬥屬地的民眾。戰鬥屬地民(wolflin)都靠自己的力量逃到內地這邊來，屬地民眾似乎也在擔心他們會不會在空屋或街上鬧事什麼的。」

在國土外圍戰鬥屬地生活的戰鬥屬地民早在帝國時代就會隨著戰線的後退交出土地，也會隨著帝國領土的擴大縮小被勒令遷居至新的國境附近，所以已經慣於帶著家人與財產進行遷徙。他們不會把太多心力花在住宅等帶不走的家財上，並且習慣把一定以上的資產變賣為貴金屬隨身攜帶。這些習慣這次也收到了功效，聽說最前線一開始後退，他們就自動帶著所有必需物品早早逃出了戰鬥區域。

以免妨礙到在最前線作為戰鬥屬地兵(wargus)奮戰的父親、兄弟跟丈夫等人。

「哼。」尤德嗤之以鼻。

「又是遊行，又是拒絕撤離。還有多餘精神搞這些啊。」

「聽你這麼說，去年大規模攻勢的共和國一定沒那餘力了？」

「因為拒絕撤離的傢伙幾乎都立刻就被『軍團』幹掉了。」

「………喔……是這個意思啊……」

看來別說多餘心力，根本連多餘時間也沒有。

「當時的情況是必須丟下一切爭先恐後地逃跑，才勉強有機會存活。不知道是不是因為狀況太糟把人逼瘋了，當時甚至還有一些傢伙把『軍團』當成救世主什麼的，舉著告示牌拿著花想去迎接它們。聯邦沒變成那樣，可見戰況已經算不錯了。」

那與其說是不錯，不如說當時共和國的亂象真讓人不忍卒睹。

「……好吧，實際上雖然是大幅後退了，聯邦的戰線畢竟還在戰鬥屬地內嘛。像是屬地的田地、工廠，還有聖耶德爾的首都機能都還好，住在那裡的人也全都平安，對生活沒造成明顯影響。雖然也有人擔心下一個就輪到首都了，但老實講，也有很多人搞不清楚這次攻擊到底是怎麼回事，就像我一樣。沒有實際感受的事物，很難讓人真正感到害怕，對吧？」

如果是無法理解的事物，反而還能沒頭沒腦地亂害怕一通。

只是……

「我好像覺得，聖耶德爾沒被攻擊反而更可怕。」

尤德看向輕聲低語的賽歐。

賽歐視線落在咖啡經過攪拌產生的漩渦上，頭抬也不抬。

「什麼彈道飛彈或是人造衛星，聽了半天說明我還是無法想像。可是，既然它們那時能砲轟聯邦的所有戰線，簡單說不就表示想瞄準聯邦的哪裡都行嗎？想直接攻擊首都——聯邦的頭腦部分應該也不成問題，但它們卻……」

當然，聯邦的架構也沒脆弱到只不過是首都被擊潰就會失去決定國家事務的力量。從天而降的鋼鐵流星命中精度極差，破壞半徑也跟核彈頭不能比。或許是兩項缺點都是以數量彌補，所以用來攻擊廣大的首都有其困難度。可是……

「老實講，這讓我渾身發毛──就好像它們想殺我們，卻不是二話不說給予致命一擊，而是先從外側慢慢磨碎再說。宛如沒在區分大腦或手腳之類的，抓到哪裡就啃哪裡。那種像蟲子一樣的思維，讓我覺得毛骨悚然。」

解決獵物時，人類會攻擊咽喉或是類似的要害。獸類想必也是如此。

但是蟻群在吞沒獵物時，不會特地攻擊咽喉。牠們會覆蓋獵物從邊緣咬起，最後把獵物分解成肉塊，不理會可悲獵物的掙扎與慘叫。

在思維上、判斷上、作為生物的樣貌──性質迥異的詭怪。

「聯邦也是，聯合王國與盟約同盟也是，共和國也是。現在『軍團』已經重新分割包圍各國，是真的可以從外側把我們磨碎，所以整件事更讓我──渾身發毛。」

†

在夏綠特市親眼目睹充電用飛輪的是辛，但直接看到作為質量投射器本體的軌道狀構造物的則是阿涅塔。

這件事讓阿涅塔懊惱不已。

她看到了那棟辦公大樓中央從地面層貫穿至最上層的挑高空間，以及穿透空間直通天際的那整組銀色軌道。當時她以為天窗是破裂散落了——現在回想起來，大概從一開始就沒有什麼天窗，在那軌道前方只有開著大洞、可以望見蒼穹的空虛。

「我明明看到了……！竟然想都沒想就以為那是裝飾！」

「我懂妳的心情……但那時候根本沒有多餘的心思，我覺得這是無可厚非。」

坐在她對面的蕾娜微微搖頭。在阿涅塔的辦公室，兩人面對面坐在沙發上。

阿涅塔當時正在調查知覺同步的故障問題，隨後又接連發生高機動型襲擊，以及方陣戰隊全體人員捐軀。

再加上伴隨著全「軍團」的知性化——「牧羊犬」的登場，部隊決定緊急撤退……那些看起來只像是無用雕塑的軌道，阿涅塔就不用說了，就連蕾娜也絲毫沒放在心上。

蕾娜其實也會忍不住去想，要是那時有注意到就好了。但是從客觀角度來想，對於人造衛星與彈道飛彈只知道一點皮毛的蕾娜當時要看出它的用途實在太難。這點阿涅塔也一樣。

「再說，假設衛星是從那個軌道升空的，有所疏忽的就是共和國，不是妳。」

阿涅塔狠狠地咬緊牙關。

「……可是，共和國自己卻沒遭受砲彈衛星的攻擊。」

「……是呀。」

在聯邦確認倖存的人類勢力範圍當中，只有他們是唯一一個……就算把以往生死未卜的各國算進去，恐怕還是只有共和國一個國家沒遭受衛星轟炸。

從聯邦西部戰線遇襲到極西諸國遇襲，然後從極西諸國遇襲到聯邦東部戰線遇襲。這期間長達幾小時的時間差，被推測為敵軍對聯邦未能確認的人類其他勢力範圍砲擊的時間——諷刺的是，竟然是這場砲彈衛星的空襲讓他們得知原本還有其他國家存活。

而且由於遭受攻擊，現在又變得生死未卜。

「其他國家說不定已經就此滅亡了，沒注意到眼前就有座發射設施的共和國卻存活了下來。後來的第二次大規模攻勢，後知後覺的共和國又活了下來。後知後覺的我也是……！」

「阿涅塔。」

蕾娜語氣平靜但堅決地打斷她這篇悔恨的獨白。

她想起初次見到辛的那天，辛對她說過的話。

請不要再這樣一臉悲壯了。

「這不是妳的錯……自我反省沒什麼不對，但妳不可以隨便把過錯往身上攬，不可以扮演一臉悲壯的聖女。」

阿涅塔像是有一口氣硬生生卡在喉嚨。

然後她慢慢地發出一聲長嘆。

「抱歉……妳說得對。再說……現在也不是想這些的時候。」

「在初次與高機動型對峙的地點——看到瑟琳留下的『訊息』的地點同時也設置了飛輪，真是一大諷刺。注意力完全被高機動型與訊息引開了。」

聽到辛用有點置身事外的語氣敘述感想，萊登皺起眉頭。以那種狀況來說，就算換成自己或其他人，也會把注意力放在高機動型與訊息上，後來的事情也是。

「……就算真的上當了，那也不是你的錯吧。」

被瑟琳這個戰俘的發言與帶來的情報騙得團團轉，不能怪在他頭上。

「如果是蓄意欺騙，要怪瑟琳，沒看穿謊言則是情報部跟上頭的錯。反正都怪不了你啦。」

不是辛這個以戰鬥為己任的處理終端該負責的過錯。

聽到萊登語氣這麼真摯，辛卻忍俊不禁地笑了一下。

「……我說你啊……」

「抱歉。不過你也真愛擔心……或許也不能這麼說。是我害你有操不完的心。」

辛說著還在笑。

「嗯，你的意思我懂。我也不覺得這是我的錯。」

不用擔心，現在的我不會再那樣了。

「……是喔。」

「應該說，我看不只是我被騙，瑟琳也一樣。」

嗯？萊登看向辛，發現辛帶著顧慮垂下視線。

他顧慮不在這裡的瑟琳——化作機械亡靈的她。

「我覺得她並沒有說謊，或許是因為我想相信她就是了，相信她不惜被俘也想告訴我們的那些話……」

她說她想結束戰爭。

說她本來是想救人的那些話語……

「……我覺得都不是在說謊。」

嗯——萊登用鼻子呼一口氣。

的確，事事都抱著懷疑的態度會讓人裹足不前，況且以懷疑的態度處事也不是他們的職責。

「假設是這樣，問題就是……誰受騙了，而且受騙到什麼程度，是吧？」

「是啊。」

「軍團」全機停止的相關情報是真是假？關於芙蕾德利嘉的關鍵作用與發信基地這兩項情報是否屬實？今後高層是否會針對這些情報進行重新檢驗與詳查？

有多餘時間詳查嗎？

無意間，辛想起瑟琳在船團國群講到一半的話。

停止命令會透過專用的通訊衛星發給各總部與指揮官機。衛星如果墜落，就由最靠近的警戒管制型遞補。

葛蕾蒂說過。

人造衛星很難匿蹤化。

「既然這樣，通訊衛星——說不定找得到？」

他的祖國如今也在「軍團」支配區域的遙遠後方。達斯汀會臉色發青也是情有可原。

「……共和國目前還沒事，所以……不用擔心。」

看到他鐵青著臉卻不斷重複與臉色正好相反的話語，安琪皺起眉頭。

「達斯汀。」

「不用擔心。我不像你們都失去了家人，我的家人還在，不能為了這點事情驚慌……」

安琪伸出手指輕壓他的唇，不讓他繼續說下去。還以為他在介意什麼，原來是這種事。

介意這種早就過去了的事。

介意這種安琪與其他自己人都視為舊傷但已沒有痛楚的喪失。

「我們的家人的確都死了，但是……你母親在去年的大規模攻勢中平安脫身，現在還在共和國對吧？」

儘管很遺憾地，父親似乎在大規模攻勢中過世了。

然而母親幸運地受到他與八六們的保護，活了下來。

既然得以倖存——既然還活著……

「既然她人還平安，你會擔心也是當然的，不要硬撐。」

「……抱歉。」

「共和國內還有聯邦軍的派遣救援軍，他們一定會回來的，到時候再請他們帶她回來吧。」

她看到白銀雙眸回望自己，便聳了聳肩。

安琪微微歪頭露出微笑。儘管個性認真外加道德標準偏高是他的魅力之一……

「達斯汀一直以來都在為共和國奮戰……稍微犯規一下不會怎樣啦。」

從聯合司令部返回軍械庫基地，柴夏看起來鎮靜如常。

蕾爾赫看到她這樣反而更擔心，忍不住要小心翼翼地出聲關心一下。在主人未歸的房間——維克的辦公室，蕾爾赫請一同回來的奧利維亞在沙發組的對面位子坐下稍候，自己則站在柴夏背後待命。

「副長閣下……」

「別擔心，蕾爾赫。收到消息後，我已經在床上擔心發抖夠了。」

凜然而強硬的側臉，配上一雙顏色比她的主人略淡的帝王紫眼眸。

那是屬於聯合王國的統治階級紫瑛種——北方大國王侯貴族的色彩。

「我是殿下聯隊的副長，我如果表現得驚惶失措，會讓其他部下跟著驚慌。若殿下的聯隊士兵因為驚慌過度而在聯邦軍內犯了錯，我如何對得起殿下……將父王與王兄留在國內的殿下？」

聽到這番話，奧利維亞產生了與當下有點不搭調的感想。

那個人稱屍王、名聞遐邇的聯合王國毒蛇王子，那隻實際交談過後讓奧利維亞了解其名不虛傳的無情蝰蛇，有什麼事能讓他驚慌不安？

蕾爾赫似乎看透了這種心思，凶巴巴地瞪他一眼。「得罪了。」他舉起單手。

「何來什麼驚不驚慌之說，目前的狀況還輪不到我來驚慌吧。」

大概是正好在這時讓人替他開門所以聽見了。維克與眾司令官進行了一番外交談判，順便又跟瑟琳面談結束後回來，對他們淡定地說道。

他揮揮手要急忙起身的柴夏坐下，自己也到沙發悠然就座。接著講話的語氣彷彿不只是希望如此，而是基於能夠推測的事實，在講一件再明白不過的事。

「我們獨角獸王室豈有可能只因為龍骸山脈淪陷就敗亡？我知道現在戰況告急，但王兄與父王都在設法應對。既然如此，自然沒有我來驚慌動搖的道理。」

「您說得是，殿下……屬下僭越了。」

「我已經以我的名字請求軍方隨時向我公開戰情。埃癸斯，你的祖國的情報也是。」

奧利維亞深深低頭致謝。他說「以他的名字」。為了對他而言不過是外國人的奧利維亞與教導部隊，他用上了聯邦想必難以忽視的聯合王國王子的地位幫了忙。

「……感激不盡。」

「沒什麼，賣個人情罷了，舞槍的英雄公主[安娜瑪利亞]。很快就會請你回報我了。」

奧利維亞以視線詢問，維克只是聳肩，沒有回答。

「短期間內我們彼此的部隊都不能參加作戰，但我看這狀況也不能維持多久……柴夏，我要妳管好部隊士兵。埃癸斯，教導部隊交給你當然沒問題吧？」

在這種號稱不落的天險終於淪陷，之後情勢幾乎全不明確的狀況下，縱然是身經百戰的聯合王國軍人和盟約同盟軍人，也不可能保持鎮定。

而聯邦的作戰對他們而言，終究是外國戰事。為了預防參戰造成傷亡導致混亂一發不可收拾，聯邦不會隨意要求這兩個部隊上戰場。

無法這麼要求。

柴夏與奧利維亞交換了眼神，各自點頭。即使現在部下們的精神狀況不適合上戰場……

「遵命。」

「當然了。我會立刻整頓部隊讓你滿意。」

無論之後發生何種狀況——縱然深愛的祖國在「軍團」們的高牆後方迎接滅亡的命運……

自己與其他人仍然得留在這裡，在這如今已被封閉的聯邦戰場繼續奮戰到底。

包含與軍械庫基地相鄰的西部戰線在內，聯邦即使前線全數大幅後退，給小孩子看的卡通還是照常播出，或許是電視台的自尊使然吧。

為的是在這種大人浮躁不安，孩童即使懵懂無知也會擔心害怕的狀況下，提供他們一點點日常生活的樂趣。

但是身為孩童之一的芙蕾德利嘉看來並沒有那種心情看卡通。

她緊盯著餐廳電視播出的新聞節目，讓可蕾娜與西汀等人邊吃飯邊為她擔心——就算前線已經後撤，基地餐廳的菜單與處理終端們的食慾都沒變。畢竟不吃飯，到了緊急時刻就無法戰鬥。

滿陽漫不經心地聽著避難的消息與進度，並說：

「雖然說現在聯邦也被包圍，整個國家都被往內擠，當然會這樣，不過原來大家都是不斷往中央跑呢。」

「不曉得共和國一開始是不是也這樣，就是剛被『軍團』攻打的時候。」

接話的是瑞圖，西汀、先鋒戰隊第四小隊與第三小隊的隊長克勞德與托爾聽了都面面相覷。共和國正規軍對抗入侵的「軍團」只有半個月期間，那段時期從國境周圍避難的民眾不知是何種情形。

「啊——……不記得了耶。」「就是啊。那時候年紀還小，不會看什麼新聞。」「啊，我還記得！我有去避難！那時來了一輛巴士，我跟老爸老媽還有爺爺一起坐上去。」

馬塞爾略顯尷尬地說：

「聽到這些話是要我做何反應啊……」

畢竟在十一年前的共和國，經過那段短暫的避難時期之後，政府就開始對全體八六進行強制收容。在場除了馬塞爾與芙蕾德利嘉以外的所有人，當然都是苦撐過那段強制收容生活的八六。

身為倖存的八六之一，托爾回話了，語氣輕鬆愉快。

「只要跟我們說說聯邦是怎樣就好啦～馬塞爾有去避難嗎？」

「我沒有……」

不過他想起一件事，又做了補充。那個跟他國中同班，在特軍校又同梯的少年，尤金。

「我有個朋友是全家去避難，但中途跟爸媽走散，從此就沒能團聚了。而且好像說過他的妹妹還太小，連爸媽長什麼樣子都不記得……」

「……………」

一種像是「抱歉害你想起傷心事」，極其尷尬的沉默降臨眾人之間，讓馬塞爾有點慌張地接著說：

「不過目前看起來沒有當時來得混亂，所以一定還有辦法挽回啦。」

「……汝是真心如此覺得嗎？」

芙蕾德利嘉插嘴說道，語氣陰沉。

閃著淚光的深紅雙眼按捺住激動情緒而歪扭變形。

「汝等原先應該也以為戰爭就要結束了吧。這場戰爭就快結束，本來應該是這樣的……！」

「芙蕾德利嘉。」

可蕾娜一把抱起越講越激動的她，讓她鎮定下來。克勞德也在同一時間轉台。

可蕾娜說了：

「不可以喔，芙蕾德利嘉。」

「是啊。這話說不得喔，小不點。」

克勞德接著說。他隨便轉到一個動物節目，似乎是戰前拍攝的野生動物紀錄片。

「至少現在先別急著說那種話。與其看新聞看到鑽牛角尖，不如看看別台吧。」

那是戰前拍攝的山貓影片。

即使如今人類的勢力範圍全數後退，這些野生動物一定也只會照常獵捕獵物養育小貓，不會理睬人類的困境。

瑞圖溫吞地說：

「好像不怎麼好看耶，可不可以繼續看上次看到一半的怪獸電影系列？」

大家一聽立刻開始閒扯淡，有人說既然這樣乾脆看新推出的殭屍片，又有人說比較想繼續追魔法少女的下一集。

其間，可蕾娜一直安安靜靜地抱著渾身發抖的芙蕾德利嘉。

在嘈雜的閒扯中，托爾輕聲問了一句。他有著金綠種的金髮綠瞳，個頭一個勁地縱向發展，身材細長。

「克勞德，倒是你還好嗎？」

身旁的朋友頭都沒轉過來就直接回答。他早在好幾年前，從初次分發到第八十六區的戰隊以來，就跟托爾是同隊戰友奮戰至今。

紅髮遺傳自帝國貴種混血的母親，戴無度數眼鏡是為了隱藏銳利的月白雙眸。這些托爾都知情。

「不好，所以管他是山貓帶小孩、怪獸片、殭屍片還是魔法少女，有東西看就好。」

「……瞭了。」

EIGHTY SIX

In the Republican Calendar of 358.
At the start of the Legion War.

共和曆三五八年

「軍團」戰爭開戰時

Judgment Day.
The hatred runs deeper.

被「帝國」提出「宣戰」之後，「軍團」就打了過來，父親大人與卡爾修達爾叔父大人去了「戰場」，今天還是沒有回家。

不知道父親大人今天晚上會不會回來。

還有卡爾修達爾叔父大人會不會一起來家裡。

在府邸大大的門廳裡，小蕾娜今天還是一樣跟她最喜歡的洋娃娃一起盼望爸爸回家。

「克勞德，要聽媽媽還有哥哥的話喔。亨利，媽媽跟克勞德就拜託你了。」

「嗯。」「好，爸你放心。」

爸爸說他要去「打仗」，克勞德揮手為爸爸送行，一隻手讓媽媽牽著，站在同樣也在揮手的哥哥身邊。

戰線節節敗退。無論投入再多的戰力，都無法阻止帝國的自律無人戰鬥機械群——「軍團」的侵攻。

「第一八機甲師團已陷入潰敗狀態。那些『軍團』究竟是什麼妖魔鬼怪啊！」

「無法與前去支援的步兵分隊取得聯絡——我看大概是全隊陣亡了吧。不像之前那些殘存士兵身為有色種卻為了我們的祖國英勇奮戰。」

看到這個戰友兼摯友咬牙切齒的反應，卡爾修達爾無意間想到：

喂，你有發現嗎，瓦茲拉夫？

有色種。

這種稱呼，等於是把他們全部視作「白系種以外（外族）」加以區分的用語。

爸媽跟哥哥最近每天都在看電視的「新聞節目」。

不能看以前常看的卡通，辛覺得有點不開心。他最喜歡的哥哥也不怎麼陪他玩。

更令他不安的是，盯著「新聞節目」的爸媽跟哥哥僵硬的表情。

因為他只知道一定是發生了什麼不好的事。

「『國境周圍』收到了『避難勸告』——呃，就是說這裡現在變得很危險，我們必須逃走。現在要打包——只帶走重要的東西，我要你去拿替換衣物，還有你最寶貝的一樣玩具，好嗎，賽歐？」

「好。」

「托爾，該走了。喏，跟大海還有船說再見。」

「好，爺爺。」

托爾從駛離國境的避難巴士探出上半身，跟熟悉的大海與祖父的船揮手道別，同時心想，明天或後天應該就能回來了吧。

街上張貼了一張又一張相同的海報，越貼越多。爸爸告訴她，那是軍隊「募兵」的海報。安琪讓父親牽著手走，心想：今天海報又變多了。

新聞報導的戰況日益惡化。早餐後女兒照例端了杯咖啡來給他，正在喃喃自語的阿爾德雷希多卻沒注意到。共和國軍簡直是兵敗如山倒嘛。

妻子回答了，聲音在顫抖。

「我們，還有這個國家……今後會變成怎樣……？」

儘管戰火離共和國副首都夏綠特市與周圍零星分布的衛星都市依然遙遠，為防萬一，庫克米拉家已經開始為了避難打包行李。

雙親把旅行用的行李箱搬出來裝袋裝箱，姊姊在一旁幫忙；可蕾娜完全沉浸於出遊的快樂心情，穿戴外出用的連身裙與最喜歡的帽子開心地跳舞。

在學校的宿舍，電視就只有餐廳這一台。萊登不安地抬頭看著持續播放的新聞節目時，年老的女校長站到他背後。萊登看不太懂新聞的內容，只知道發生了某種不好的事，讓他不安地抬頭看著老婦人。

離這裡很遠的家裡，爸爸跟媽媽不知道要不要緊，那些小時候的朋友呢？

「老婆婆……」

滿是皺紋的手放到了他的雙肩上，但仍然是比萊登更大的屬於大人的手。

「沒事。你家附近，還有你的爸爸媽媽，都很平安。」

從「新聞節目」聽到的聲音一天比一天嚴肅。問題究竟出在哪裡，究竟是誰該負責？煽動性的語氣幾乎是在叫民眾找人怪罪。

每天都在看新聞的西汀也被這種論調牽著鼻子走。是誰的錯？問題出在哪裡？她不知道，不過壞人當然是……

「那當然是『帝國』嘍！」

她天真無邪地如此認定。嗯，都是帝國不好！妹妹天真無邪地當應聲蟲。

戰線持續後撤。難民搭乘的卡車也來到了凱耶跟家人同住的這條街。

鄰居們迎接下車的乘客時，眼神凶惡得不像是看著自己國家的同胞，完全是把對方看成累贅與外人。

是一種貪婪地尋找代罪羔羊，好拿來發洩不安與恐懼的眼神。

賣國賊。

扔進來砸破了玄關燈的石頭上，筆跡潦草地寫了這幾個字。

扔這塊石頭的人想必知道潘洛斯家原為帝國貴族——血統與敵國同源。

阿涅塔躲在玄關遠處，害怕地看著父親收拾碎片時的嚴肅側臉。

在卡爾修達爾的眼前，如沙包般堆積起來的全是友軍士兵的屍體。它們來不及被裝進屍袋或甚至是後送，之後這些英靈的遺骸就只能隨地棄置。

就好像自己也是其中一具屍體似的，一名了無生趣地蹲在地上的倖存士兵語氣死板地喃喃自語：

「為什麼，是我們……」

「偏偏都是我們」。

堆積如山的屍體全是銀髮銀瞳的白系種。並不是有色種都沒有捐軀，只是從總人口的比例而論，以白系種占絕大多數，所以在戰死者當中占比也較高。如果就人口比例來說，白系種與有色種的戰死者應該沒有太大的差距。

然而在這裡堆積如山的屍體卻盡是白系種。

不管在哪個戰場，「乍看之下」死得最多的都不是有色種，而是白系種。

士兵喃喃自語，語氣死板，像是發高燒的夢囈。

都是那些傢伙害的，那些沒死在戰場上的傢伙。那些害死我們，一定還在訕笑的傢伙。帝國

的血統；暴君的後裔；「非我族類的」那些傢伙。

「……有色種（那些傢伙）。」

不知道是怎麼了，外面吵吵嚷嚷的。

母親從窗簾縫隙偷看外面，轉過頭來臉色鐵青地說了。

「達斯汀……今天晚上不可以看外面，絕對不行。」

跟父親穿著相同衣服的阿兵哥們不知為何闖進了家裡，抓住母親與克勞德。受了重傷但平安返家的父親眼睛泛紅強忍淚水，緊抿嘴唇眼睜睜地看著。

哥哥也在他的身邊。

「哥哥！」

克勞德拚命伸手過去；哥哥別開了目光。

跟克勞德同樣是銀色的——月白眼瞳。

從戰場歸返國內，接受高層命令執行有色種押送任務的空檔，卡爾修達爾抬頭仰望國軍本部的聖女瑪格諾利亞的雕像。

三百年前主導革命，之後卻被公民親手逮捕，死在獄中的聖女。

只因她「不是公民」。

只因她不屬於無辜遭到迫害，堅貞不屈地抵抗迫害，最終贏得勝利的公民階級。她也是迫害者之一，是邪惡低劣的罪惡化身，王室的公主之一。

沒錯。

說到底，她對這些所謂的公民而言——也不過是「不同」於「我們」的族類罷了。

D-DAY PLUS THREE.

At the Celestial year of 2150.10.4

DIES PASSIONIS

星曆二一五〇年　十月四日

D+3日

Judgment Day. The hatred runs deeper.

The number is the land which isn't admitted in the country.

And they're also boys and girls from the land.

EIGHTY SIX

前線後退至戰鬥屬地深處，使得位於戰鬥屬地與生產領地交界處的機動打擊群總部——軍械庫基地也能感受到戰火的氛圍。

從基地遠望的鄰近城鎮，也因為視戰況可能有危險而發布了避難勸告，居民已經開始撤離。至於學校、公民會館跟劇院等公共設施則向大眾開放，戰鬥屬地民似乎都去那裡避難了。

為了萊登等八六建造的特軍校校舍與宿舍也一樣。

「……不是，這樣好嗎？」

明明因為這座城鎮也有危險才會讓居民往離戰場更遠的內地避難，讓戰鬥屬地民到這種危險的城鎮避難好嗎？

「哎，因為我們就是這樣啊。」

轉頭一看，是班諾德。萊登輕輕用鼻子哼了一聲。

「……你是說禽獸嗎？」

身為世世代代活在戰場上的戰火民族，因而受到和平度日的國民排斥迴避。

「噢，不，不是啦……我是說他們是緊要關頭時的後備人員啦。」

萊登看回去，只見班諾德聳了聳肩。

「他們也都是小狼人（Wolfin）。邊防是我們與生俱來的職責。等他們把行李都打開整理好了，就會開始進行自主訓練了吧，不管是女人、年輕人還是已經退伍的老頭子老太婆。」

為了自動填補現在前線後撤，許多軍人戰死造成的空缺。

班諾德望向鄰鎮那邊如此說道，金色的眼睛不帶感情。

「來到這裡的人都和我們聚落有血緣關係。等到『需要他們』的時候應該已經練出點水準了，到時候我再介紹幾個頭子給你和隊長認識。要麻煩你們做好與他們協同作戰的準備了。」

自從砲彈衛星對人類生存空間全戰線發動同時轟擊以來，已經過了三天。

大家都知道該來的終究會來，最後機動打擊群也終於接獲出擊的命令。

看到通知的任務內容，中間夾著辦公桌面對面的蕾娜與辛難掩嚴肅的表情。在軍械庫基地第一隊舍裡的蕾娜的辦公室，兩人手邊擺著各自需要的情報，將全像地圖投影在桌上。

蕾娜皺著柳眉低聲呻吟。

她只想到會下令摧毀於支配區域深處發現的質量投射器，卻沒想到……

「……看來任務內容會比原本想像的更艱困。」

「支援受困於共和國的聯邦救援派遣軍進行撤退——以舊高速鐵路的南側線四百公里為撤退路線，機動打擊群與派遣軍維持此路線直到後撤完成，是吧？」

自從半年前——四月的夏綠特市地下中央總站壓制作戰結束後，聯邦西方方面軍與救援派遣軍在共和國的布署規模日漸縮小，但仍然是多個旅團組成的大軍。

現有超過五萬名的人員，以及光是「破壞之杖」就超過七百架，數量龐大的戰鬥與運輸車輛。若再把裝備、燃料與資材算進去，已經等同於搬運一座城市的大量物資，還得運送長達四百公里的距離。

支援兩個字說得簡單，但是……

「就算支援、憲兵旅團的人員與部分步兵可以用鐵路車輛運送，運輸卡車在惡劣地形跑不出速度，再加上還有需要燃料運輸車伴隨的裝甲運兵車與『破壞之杖』。多腳機動裝甲兵器並未設計成能在無整備的狀態下自走長達四百公里的遠距離，光是移動就需要夠多時間。更何況萬一發生戰鬥……」

例如「破壞之杖」雖能跑出時速將近一百公里的行駛速度，讓戰鬥重量達到五十噸的龐然大物進行這種機動動作，代價就是油耗效率極差。長距離移動時少不了燃料運輸車伴隨，所以沒辦法用最高速度一口氣衝過支配區域四百公里的距離。況且也得派人護衛非武裝又開得慢的燃料運輸車。

再加上若是要使用運輸卡車運送裝備，行軍步調終究得配合這些缺乏戰鬥力，速度又慢的車輛，而且軍方也不太可能有那麼多卡車能一次運輸派遣軍保有的全部物資。既然車的數量不夠用來運載物資，原本就得排成長蛇慢慢走的運輸卡車，笨重的車隊還得多次往返。

「派遣軍還沒把撤退計畫送來，不過在擬定撤退計畫時不會沒想到拋下重要性低的裝備或物資。應該說，我想他們的計畫是只要人員與車輛帶得回來就好——我這樣說，蕾娜妳可能會不愛聽，但對聯邦而言，人力現在是最寶貴的資源，無論是從倫理道德還是實際用途來看。」

「……我懂。」

聯邦是幅員廣大的超級大國，各種資源都還有可能以開採方式補充。像「破壞之杖」等車輛類或裝甲強化外骨骼（Armored skeleton）、槍械砲彈之類的物資是不能輕易拋棄，但舉凡兵舍、日常用品或備品之類，即使直接捨棄也不會造成太大問題。

相較之下，人員的死亡就無法挽回了。就算忽視倫理道德問題，人類在哺乳動物之中屬於成熟較慢的物種，一個嬰兒要成長到工作年齡得花上十幾年的時間。如今戰況已經迫使國內在部分場合運用少年兵，不能徒然浪費更多兵士的性命。

「所以如果只是支援派遣軍的撤退行動，雖不容易但應該還辦得到——『軍團』主力部隊目前也與聯邦西方方面軍僵持不下，留在支配區域內的『軍團』不算太多。高速鐵路南線在去年的電磁加速砲型追擊作戰時已經壓制並修復完成，所以也有正確地圖。只要能讓速度最慢的步兵與運輸卡車抵達聯邦，最糟的情況下，『女武神』就算先讓『破壞之杖』回國也有辦法回來。」

辛又快快不樂地補充一句：「前提是高機動型不要一再出來攪局。」——高機動型與辛有著一番新仇舊恨，但是它們不具備投射裝備，在距離夠遠的戰鬥中只能單方面遭受己方的砲火轟炸。而且它們是裝甲單薄的輕量機型，脆弱程度只比步兵好一點。辛嘴上這樣說，其實心裡也明白它們不會被投入這場作戰。

「只是……」辛輕嘆一口氣。

「雖說派遣軍的撤退才是最優先目標，另外這件事只是第二目標——要支援共和國全體國民前往聯邦避難，坦白講，我覺得有困難。」

出於防衛設施建設得不夠完善，以及共和國軍戰力不足以單獨防衛國土這兩項理由，共和國新政府請求聯邦接受全體國民入境避難，聯邦也出於人道觀點應允了這項請求。

在派遣軍人員撤退後，預計將會使用高速鐵路車輛進行這場史無前例的大量運輸作戰，甚至會動員所有合乎軌條規格的貨物列車，日以繼夜地讓無數避難列車往返兩地，接送全體國民到聯邦避難。

然而雖說去年的大規模攻勢已將人口減少到十分之一以下，一個國家的民眾仍然是多達數百萬人的超大集團。就算派遣軍除了最低限度以外的物資統統放棄，讓出一半以上的列車班次……

「你覺得有可能辦到嗎？」

「防衛線的維持任務，大約能『撐』七十二小時。假如進度一如計畫——從乘車順序的分配、排隊到上下車都能用最高效率進行，我覺得勉強可以趕上，但萬一有狀況，就連七十二小時也撐不住，況且現在是要讓一群未經訓練的國民直接上場，其中一定也有人根本不想避難。」

「確實是有一些人提出奇怪的主張……」

蕾娜目光飄遠，點了點頭。

像是主張這是共和國軍方或政府的陰謀，不然就是聯邦或聯合王國的陰謀。

在當初那場大規模攻勢當中，甚至還有一種荒唐無稽的說法，煞有介事地說這是背地裡支配各國與「軍團」的山椒魚型地底人策劃的陰謀。

雖說只是講得煞有介事而沒有造成實際害處，但蕾娜日後聽到的時候，不禁有種莫名的空虛感。

為什麼是兩棲類？

「只是容我重複一遍，以目前的情況來說，該考慮這些問題的不是機動打擊群，而是共和國政府。機動打擊群的任務始終是維護撤退路線安全，只要沒有哪個白痴跳車，我覺得我們不會受影響。」

怎麼說也是「高速」鐵路。如果有人執意要從奔馳時速高達三百公里的列車跳下，那就實在是人類史上難得一見的蠢蛋了，所以辛這麼說應該只是開玩笑。

蕾娜還在猶豫該不該笑時，辛已經淡定地繼續說：

「這樣說可能不太好聽，不過我們只是支援聯邦軍撤退順便幫個忙。來不及的部分——可能只能請妳看開。」

說完，辛露出了發現自己說錯話的表情。

「——抱歉，這種話不該對蕾娜說。」

即使那個國家對辛而言無足輕重，對蕾娜來說卻是祖國。如今這個國家正面臨滅亡命運，辛不該對她講這種話。

然而，蕾娜儘管有點勉強，仍然笑著搖了搖頭。

「沒關係，反正我早就做好心理準備了……」

要講到這件事，共和國對蕾娜而言是出生長大的祖國，她不會希望它滅亡。

一旦它滅亡，對於以該國國民身分作為自我認同的她來說，是等同於自身被削去一部分的巨大喪失。

但是……

「況且其實——這也不是共和國……第一次滅亡了。」

而步向滅亡的過程早在……

早在她成為先鋒戰隊的指揮管制官，當時未曾謀面的辛告知她大規模攻勢的前兆時，就已經開始了。她的祖國裝聾作啞不肯面對現實，躲在狹仄的美夢裡，不願意挺身而戰，不願意努力保護自己。

他人再怎麼呼籲大禍即將臨頭也充耳不聞，只是抓著美好的樂觀想法不放，堅信只要隨便讓自己以外的哪個人去戰鬥就能坐等戰爭結束。

到頭來，就國破家亡了。

在去年，那個大規模攻勢之夜。鐵幕遭到電磁加速砲型擊碎，號稱人類最後樂園的八十五行政區慘遭機械亡靈踐踏，國民轉瞬間被逼入絕境。

當時她想都沒想到能夠接受救援。

內心某處早已做好不啻看透生死的心理準備，認為這個國家已經注定步向滅亡。

但是，她不認為沒能挽救共和國是自己的罪過。

現在也是。在大規模攻勢這種困境下，意想不到地得到聯邦的救援，加上八六離開第八十六區，迫使國民認知自己拿起武器的必要。如果就算這樣，共和國還是不願挺身而戰，那麼即使就這樣步向滅亡——雖然令人心碎，但她認為是理所當然。

蕾娜已經決定要戰鬥到底。

她決定要活得不以自己為恥，才會離開祖國，選擇了新的戰場，選擇了機動打擊群。

所以停在她的背後不肯前進一步的祖國，縱然就這樣在停頓中毀滅——她也早有心理準備。

同時平靜地覺得即使那樣也不是自己的罪過。

首都高舉的美名，貝爾特艾德埃卡利特，代表的是自由與平等。

自己不保護自己，是他們以自由為名做出的選擇。這項選擇帶來的結果，也只有他們自己能負責。因為共和國國民如同他們自己引以為傲的，所有人一律平等——都是自己的唯一主宰。

所以，她會為了滅亡而傷悲，但是把無法救國當成自己的罪過就太傲慢了。這份罪孽，不是蕾娜能背負的。

「況且現在——也不是說這種話的時候。」

「呵。」辛微微苦笑了一下。

「……說得對。目前，我們就先別跟彼此客氣了。」

「是呀。」

讓身為八六曾遭共和國迫害的辛去拯救共和國……即使心底有著對這件事的顧慮與內疚，她也不會表現出來。

因為對現在的辛他們來說，這些──反而是一種失禮的行為。

「只是，即使考慮到這點，我還是希望蕾娜在這場作戰當中能留在基地──留在聯邦。」

「唔。」蕾娜噘起了嘴脣。

「辛，我要生氣了喔。」

「我也知道蕾娜妳會這樣說……可是蕾娜，妳是共和國軍人。」

聽到他講出這種再明顯不過的事實，蕾娜愣了一愣。他到底想說什麼？

「要讓共和國全體國民避難，坦白講有困難，就連內部的意願可能都還沒一致。所以……假如作戰過程中情況生變，取消避難改成退守國內……假如他們命令共和國軍人這麼做……」

假設避難行動開始沒多久就宣告失敗，全體國民都被拋下。

假設一些愛國主義者跟民族主義者──甚至根本就是那群洗衣精不願向外國搖尾乞憐，趁著混亂局勢奪得政權，命令軍方抗戰到底。

「即使如此，那還是正規軍令。蕾娜──身為共和國軍人的妳非得從命。只要妳留在聯邦，就算事情真的演變成那樣，最起碼可以拿命令傳達受阻當成藉口不予理會。可是……」

如果蕾娜人在共和國，就行不通了。

假如她不從命，她的履歷就會加上違反命令與臨陣脫逃，留下致命性的傷害。這裡所說的致命性不是比喻，是一如字面所述的致命。臨陣脫逃是即使當場被槍斃也不奇怪的重罪，所以……

一旦發生那種狀況，蕾娜就再也無法回到共和國。

然而蕾娜只是苦笑。

用一種當年幼弟弟鬧脾氣時，開導他的語氣說：

「辛，你又不是不知道，他們可是共和國人，是共和國軍啊。」

那些人長達十年都把國防任務推給八六，自己躲在牆內。

「他們就是因為到現在還是不肯自己戰鬥，洗衣精才會受到支持。我可以跟你打賭，我國軍隊的那些軍人從下到上，現在都只想著早早開溜。」

所以，我也不會有事。

什麼抗戰到底，什麼退守國內，共和國軍才不可能發出這種命令。

辛沉思了片刻。

「……我同意妳最後說的打賭，但是……」

嘴上表示同意，卻還是顯得略有不滿。

「其他事情，我還是想有所防備……我希望妳在作戰時能待在堅守撤退路線的部隊裡，不要進入共和國的勢力範圍，也不要讓他們知道妳來了。」

我不會讓他們搶走妳。

看到戀人與其說獨占欲強，以這個場合來說應該是太會窮擔心，蕾娜忍不住呵呵笑了。反正這場作戰不能帶行駛速度太慢的裝甲指揮車輛「華納女神」同行，不說的話誰也不會注意到蕾娜的存在。

「……好吧。這點小事我願意妥協。」

如果不這樣講，就怕眼前的年輕男生又要鬧彆扭了。

「如同爾等所知，我們必須留在基地，不過如果有需要，就把事情分配過來吧。一點雜務的話，透過通訊總也處理得來。」

聽到鄰國的王子殿下恬淡而理所當然般這樣說，葛蕾蒂低頭致謝。區區共和國對他來說——對聯合王國來說，已是無須多加考量的小勢力。所以這個毒蛇王子關心的，其實是辛、蕾娜還有機動打擊群的那些少年兵，這讓葛蕾蒂覺得十分感激。

「謝謝殿下關心。」

「這沒什麼。說成交換條件可能不太好聽，不過我希望爾等不在時准許我們使用演習場。可以的話，我也想請埃癸斯幫忙。」

葛蕾蒂視線轉回去，與同樣望向自己的奧利維亞四目交接。葛蕾蒂與奧利維亞重新看向另一方，只見王子殿下在那裡聳聳肩。

「既然無法期待聯合王國提供補給，我得重新檢討『西琳』們的戰鬥方式。她們唯一熟練上手的以損耗為前提的戰術今後不能再用了，如果有個同樣擅長機動戰鬥的人幫忙鍛鍊她們會很有幫助。」

奧利維亞故意怪模怪樣地揚起眉毛。

「原來如此，遵命……這下就互不相欠了吧，王子殿下。」

「就是這麼回事，這個人情債不便宜吧？」

看到兩人互開玩笑，葛蕾蒂也順口幫腔：

「真令人羨慕。要不是在這種狀況下，連我都想請您賜教了。」

一時之間不只奧利維亞，就連維克都沉默不語。

眼前這位女性是上校，是指揮官……而且好歹也是旅團長。

雖說曾為方面軍指揮官的維克也做過類似的事，但他是遵從尚武精神的聯合王國的國王胤嗣，站上最前線本是職責所在。可是……在不是王族甚至不是前貴族的共和制聯邦軍中，身為上校的人有必要做到那種地步嗎？

「維契爾上校，我想請問妳……在這場作戰當中，妳當真打算親自駕駛『女武神』應戰？」

「不用我說妳也該知道吧，芙蕾德利嘉，妳這次作戰絕對不可以跟來喔。」

「我們也會跟菲多說清楚，這次再偷偷載妳過去就絕對不原諒它。所以芙蕾德利嘉，妳就乖乖看家吧。」

畢竟芙蕾德利嘉有過前科，曾經跟著他們一起踏上決死之行。

被可蕾娜雙手扠腰擺出凶巴巴的表情，又看到安琪雙手揹在背後微微歪頭，面帶微笑卻不知為何魄力滿點，「唔——」芙蕾德利嘉鼓起了腮幫子。

附帶一提，待在芙蕾德利嘉背後候命的菲多明顯嚇到發抖，一邊縱向搖晃一邊發出弱弱的「……嗶」一聲。

看到它這副模樣，即使是可蕾娜也知道它的意思大概是「當然，我絕對不會載她去」。縱向搖晃以人類來說，應該就是點頭如搗蒜的身體顫動。

為了保險起見，可蕾娜伸直了食指對準它的光學感應器。

「跟你說真的喔，菲多。敢毀約我就叫辛把你臭罵一頓喔。乾脆這樣說吧，你敢毀約我就再也不讓你跟辛一起參加作戰。」

「嗶……！」

這次換成激烈地左右搖動它的頭（感應裝置）。可蕾娜與安琪各自滿意地點了頭。

至於芙蕾德利嘉，還是一副不太能接受的神情。

「但是……」

「當然一方面是因為很危險，再說……芙蕾德利嘉，妳不是還有其他任務嗎？」

芙蕾德利嘉霍地抬起臉來。

可蕾娜對著她點點頭。對，任務。

當然就是讓「軍團」全機停止運作，也就是芙蕾德利嘉作為奧古斯塔女帝的職責。

直到幾天前，芙蕾德利嘉以及可蕾娜等五人當然都還有把反攻作戰的祕密與最大目的——全人類的誓願放在心上；那個由於戰況在短短一天內被逆轉，使得芙蕾德利嘉在內心某處以為已經無力回天的全人類的誓願。

亦即結束這場戰爭。

可蕾娜只用簡短一句話證明了他們還沒有放棄。

「可蕾娜……」

「所以，芙蕾德利嘉妳不准來。妳還有其他事情要做，所以這次不准。」

「妳說過想在夏天去南方的海邊吧，說想試試看海水浴。」

可蕾娜與安琪一邊說一邊心有所感。

她們想起一年前的那場電磁加速砲型追擊作戰。

現在她們知道，那時候芙蕾德利嘉明知有危險仍然執意要跟，確實怪不得她。

當時，辛總是在徬徨尋覓死亡的歸宿。

她們跟其他人也只是沒有自覺，其實多多少少都一樣。

那時的他們還無法意識到未來——戰場以外的未來。

芙蕾德利嘉一定很擔心那樣的他們。

聯邦的軍人也是，那些有歸宿、有家人需要守護，也有未來要追求的軍人，一定很怕跟那樣的他們共同奮戰，一定會忍不住覺得信不過他們。

現在她們都能體會。

因為她們跟其他人——跟那時候，都已經不同了。

「這次我們不需要人質，也會回來的。一定會回來的。」

「所以芙蕾德利嘉，妳就乖乖看家吧。然後——等我們回來時要過來迎接我們，說聲『辛苦了』喔。」

話說，蕾娜是共和國舊貴族兼名門米利傑家的千金，也是唯一的倖存者。同時又是背負著共和國之名被派遣至聯邦的菁英兼上校，是聯邦軍的客座軍官。

簡單來說就是對共和國的舊貴族跟名門等上流階層而言，她是他們前往聯邦避難時頭一個該投靠的人脈。

自己與家人自不待言，也請妳透過聯邦軍向共和國政府關說，讓家族成員與朋友也能最優先避難；家當也全部都要帶去，請妳為我們特別準備運送方法；請妳務必讓我們比某某家族先搭上列車，不，賭上我們家族的名譽，非得比他們優先不可；請妳協助聯絡與我家有交情的舊帝國貴族；想請妳在各方面幫忙謀些方便；關於那件事與那件事妳當然會給我特別待遇吧——這個那個胡拉混扯的。

這類陳情書信從過去有過交流的家族跟沒有過交流的人士大量湧來，分明作戰都快開始了，蕾娜卻忙得沒多餘時間制定作戰計畫。

儘管每封信全都自私任性得反而讓人覺得乾脆，畢竟他們所有人都是上流階層，有力人士占了過半。甚至有些人物重要到如果隨意忽視，可能會影響今後共和國與聯邦的關係。

代替斷交了足足九年而無法正確判斷誰是重要人物的聯邦，目前蕾娜的任務就是逐一判斷誰該得到「特別待遇」，並且可望得到什麼樣的回報。

再加上接受難民的計畫方面，聯邦軍也會來請教她哪些集團或有力人士不適合安排在同一處，導致必須過目的文件增加更多。

結果看到蕾娜睡眠不足走路搖搖晃晃，維克心有不忍地出聲關心：

「米利傑，妳還好嗎？要不要給妳些比處方箋更能提神的藥？」

「咦！有那麼好的東西嗎！」

她居然兩眼發亮地轉過頭來追問。維克長嘆一口氣。

「……開玩笑的。沒想到妳的狀況比看起來還糟。」

在無法避免必須長時間戰鬥等狀況下，視戰況而定，有時會開處方用藥讓士兵暫時感覺不到疲勞。有是有，但說穿了就是需要軍醫處方箋的猛藥。如果有哪種藥比它更有效，那可是萬萬碰不得的危險毒物。

平常的話，這點小玩笑蕾娜不可能聽不出來。

「腦袋遲鈍成這樣已經達到會影響工作效率的地步了，妳得去休息一下。」

正好狄比喵嗚一聲跑來露臉，於是維克伸手一撈把牠交給蕾娜，然後直接推她進房間。屋裡擔任蕾娜副手的佩施曼少尉似乎把她拉去臥室了，可以聽見臥室房門開關的聲響。

一旁候命的蕾爾赫說道：

「本來是覺得多少讓她勞累一點比較好，看來已經過了那個階段。」

「不讓她閒下來是對的，但有必要讓她處理來自共和國的陳情書信嗎？……既然聯邦連這點小事都沒多餘心力去顧慮，還是只能由我們多加關心了。」

維克的直屬聯隊與奧利維亞指揮的教導部隊不會參加本次作戰，這也就表示他們多少有點時間可以整理心情。士兵們的心理健康有柴夏跟奧利維亞一起努力維護，況且在作戰期間也能獲知祖國的詳細情勢。

但是準備參加作戰的蕾娜與八六們就沒有那個時間了。

「目前他們似乎還劃分得很清楚，但也因為如此，最好還是別給他們更多負擔。要讓他們忙到沒時間多想是沒錯，然而休息也不能少。」

「是，畢竟只有共和國的狀況很不自然。沒有遭到砲彈衛星的空襲，攻勢規模也過於溫和。就下官所見，像是故意不攻陷他們。」

「是啊，這當中絕對有蹊蹺。我看米利傑與諾贊應該也明白就是了……」

維克無奈地嘆氣。只能說聯邦是真的已經沒有餘力了。

竟然讓盡是少年兵的八六，以及偏偏是共和國出身的蕾娜去援救隨時可能亡國的共和國，而且連一點平復心情的時間都不給。

即使情況如此，最起碼……

「我們得幫助他們撐下去，至少要保留足夠的餘力應對狀況才行。」

至於在遷居共和國之前曾為帝國貴族的潘洛斯家的倖存者阿涅塔，也收到了大量書信拜託她幫忙斡旋或介紹昔日交情匪淺的舊帝國貴族。正確來說是紙本經過數位掃描而成，滿坑滿谷的電子書信檔案。

「拜託我這個有什麼用？我是在共和國出生的耶。」

又是避難後的生活支援，又是介紹進入社交界，又是聯邦的大學推薦函又是相親提議，阿涅塔嘴裡嘟噥著，同樣也靠記憶把需要特別待遇的重要人物與不需要的人分門別類。

要找人介紹的話，其實雖說只是來到共和國的第一代移民兼下級貴族，好歹還是帝國貴族階級出身的達斯汀都還比她適任，更正確來說，是他那曾為帝國貴族的雙親。

至於這個達斯汀，說是閒著沒事會胡思亂想——不過真心話八成是不忍心看到阿涅塔厭煩地面對堆積如山的信件——正在用阿涅塔列出的清單幫忙把電子檔案放進需要與不需要的資料夾。聽說比較重要的信件，聯邦軍的高官們會代為安排妥當。

不重要的信件，晚點會全部列印出來拿到演習場舉辦盛大的營火晚會。這是一定要的，還要烤點棉花糖或蘋果什麼的。

「沒錯，還要棉花糖與烤蘋果……等這些弄完我就去買……還要撿些橡實扔進去燒得嗶嗶剝剝響，一定很好玩……」

在自古以來農業與畜牧業興盛的共和國，橡實是傳統的豬飼料。

看到阿涅塔累得彎腰駝背外加兩眼發直，活像個魔女似的嘻嘻竊笑，達斯汀苦笑道：

「說得對。如果把蕾娜那邊不需要的信件也加進來，應該能辦場相當盛大的營火晚會喔。」

「對對對，就是蕾娜……她可是共和國唯一派遣到機動打擊群的指揮官耶，那群白痴怎麼敢把這種垃圾陳情寄給她啊……乾脆全部燒掉算了……信不信我拜託辛拿鐵鍬把你們所有人的腦袋砍掉啊，煩耶……」

原來想燒掉的不是信件而是寄信人？達斯汀暗自被她嚇壞。

「不過嘛……如果要拜託辛，又覺得好像應該拜託他處理陳情……因為他父親原本是諾贊家的長子，祖父諾贊侯爵又還健在。」

達斯汀也不是真的想拜託辛，不過他們隊上最適合辦這件事的還真的是辛，而不是蕾娜、阿涅塔或自己。

阿涅塔用一種難以言喻的表情看了看達斯汀。

「不不，那怎麼行啊。」

「噢，也是喔。寫信的都是共和國的大人物嘛，就算事情變成這樣，應該也不會想跟八六低頭吧。」

「我不是這個意思。對諾贊侯爵來說，兒孫都被共和國迫害成這樣了，哪還有可能伸出援手啦。侯爵本人絕對不會願意，況且那樣豈不是會讓家族顏面盡失？」

「……啊。」

所以幫忙安排的聯邦軍高層好像也得做各種選定與調查，也就是家族相關人士或有過交流的企業、集團，有沒有人後來成了八六。

又是上流階層又是社交，還有人脈啊面子什麼的，政治真是門怪學問——阿涅塔厭煩地說。

然後她想起聯邦軍中一個講過幾次話的高官，噘起了嘴脣。

可惜在目前這種戰況絕對沒空，不然那男的肯定才是處理這些麻煩事務的最佳人選。

「真討厭，本來可以趁這機會好好使喚那個參謀長的耶。」

既然蕾娜快被忙死，擬定作戰計畫就成了其餘三位作戰指揮官、幕僚與葛蕾蒂的工作。

身為戰隊總隊長之一，辛被詢問意見也很合理。

「對方還真的下了命令要上校回國。不過我們直接置之不理就是了。」

「果然有派系打算抗戰到底？」

聽到葛蕾蒂若無其事地說，辛皺起眉頭。有那種勢力存在會妨礙避難行動，更糟的是還得加派人手護衛蕾娜。雖說直衛的布里希嘉曼戰隊已經重編完成，視狀況而定，可能得再派其他戰隊跟著，或者乾脆讓先鋒戰隊也擔任護衛……

「不是。他們說想讓米利傑上校指揮全體國民的避難行動。」

辛變得渾身無力。

「我不覺得有必要為了這種事，特地把派遣到機動打擊群的上校叫回去……」

應該說這點小事共和國軍本來就該自己做。

「我想應該是因為很辛苦，誰都不想做，而且一定會出錯；既辛苦又無法避免出錯，然而真的出錯又會支持度大扣分。就這點來說，上校正外派他國所以跟現行政府關係比較遠……而且應該也嫌這個英雄礙眼吧。」

葛蕾蒂目光冷淡，看著好像是底下送上來的報告書。

「事實上呢，你看了共和國的避難計畫一定會笑出來，簡直亂七八糟。或許只能說反而幫到了聯邦吧。」

你要看嗎？葛蕾蒂用塗得漂漂亮亮的指甲彈了一下計畫書。

原來如此，的確很糟。

「我那樣說只是開玩笑，沒想到竟然真的是這樣……」

由於葛蕾蒂說過開簡報會議時會說明，先讓戰隊隊員或蕾娜看到也無妨，於是辛把共和國的避難計畫書做成掃描檔帶來。大夥兒在餐廳長桌旁自然而然地男女面對面坐下，辛與萊登、安琪、可蕾娜、克勞德與托爾等先鋒戰隊各個小隊長，順便加上依然睡眠不足搖搖晃晃的蕾娜，各自瀏覽投影出來的計畫書。

大夥兒用托盤裝滿聯邦菜色與分量最豐富的午餐，除了蕾娜以外的所有人都一邊狼吞虎嚥一邊交談。似乎因為睡眠不足連帶影響到胃口的蕾娜只用湯把三明治灌下去，剩下的食物碰也不碰，只是抓住電子文件的投影裝置氣到發抖。

「第一天先讓政府高官與第一區的有力人士避難，然後是軍方將官……接著是校官與尉官，再來是士官與士兵，然後才終於在第一天晚上開始讓國民避難……？到底要誇張到什麼程度才能定出這麼不要臉的計畫……！」

至於可蕾娜則是用一種跟自己無關只是隨便問問的語氣問道：

「大人物跟軍人都在第一天跑掉，那之後避難指示由誰來做？還有共和國的防衛呢？」

辛已經聽過葛蕾蒂的說明，來到這裡的路上也確認過計畫書的概要，於是回答：

「共和國國民等待避難的期間，他們會讓民眾聚集在高速鐵路總站所在的第八十三區附近，由聯邦承擔防衛任務。因為就算想交給共和國負責，『破壞神』作為戰力也不可靠。」

不過至少還能用來拖運資材——儘管作為機甲兵器說脆弱都嫌客氣，好歹還是具有揹得動沉重的五七毫米砲的馬力——所以預定讓它們跟運輸卡車一起移動。

「避難的誘導呢？不會也要丟給我們做吧？」

「他們要是敢來這套，我絕對丟下他們開溜。」

托爾捏緊了三明治問道，克勞德厭惡地瞇起眼鏡底下的月光色眼睛。萊登一手端著裝有替代咖啡的馬克杯回應：

「這個就應該還是歸共和國管吧。」

「就計畫書看起來，是由共和國的行政職員來做喔。」

安琪從旁探頭看看蕾娜手上的裝置，補充說道。

「好像只有上下車的誘導工作，因為列車是聯邦的設備，會由聯邦憲兵來做……避難順序排在後面的民眾應該會出現抗議聲浪吧。不知道他們有沒有想好如何因應暴動等狀況。」

「就連避難順序都能恣意妄為到這麼明顯的地步了……」

蕾娜看起來像是有在聽，其實沒有。她把裝置握緊到嘎吱作響，瞪著計畫書的眼神像是看到弒親仇人。

「居住區號碼越小就越前面，號碼越大就越後面……雖然早就猜到白銀種會是最優先，沒想到竟然連月白種與雪花種都要分順序……！太可惡了…………！」

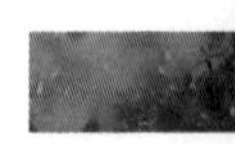

蕾娜破口大罵準備站起來，卻直接像是斷線人偶般跌坐回椅子上。累壞了沒得到充分休息又忽然情緒激動，似乎引發了貧血症狀。

辛拉著她的手帶她強制退場，可蕾娜與托爾目送他們離開，偷偷問道：

「什麼意思？」「蕾娜在生什麼氣啊？」

直到十二歲之前都躲在八十五區內受到保護，對「軍團」戰爭開戰後的共和國內情知之甚詳的萊登回答他們。

共和國的八十五個行政區，編號越小位置就越靠中心，美麗景觀與生活機能兼具，居民多為富裕階層。換言之……

「有錢人先走，窮人擺第二。白銀種的前貴族老爺小姐最優先……不過月白種與雪花種那邊我就不太懂了。」

克勞德淡定地開口了。

眼鏡底下的月白眼睛不帶感情。

「很難懂嗎？我是不知道哪個是哪個，總之應該是想讓沒被優待的族群去仇視被優待的族群，就像我們八六一樣。」

冰冷的沉默落在餐桌上。

克勞德沒有回望任何人，繼續說道。月白眼睛不帶感情，戴著用來隱藏的無度數眼鏡。

「然後咧，只要白銀種擺出一副同情嘴臉站在沒被優待的人那邊，就是二對一了。白系種有三種族群，這樣到了避難地點就能形成勢力對比啦。」

共和國的白系種分成白銀種、雪花種與月白種這三種。

如果其中兩種聯合起來，剩下的一種就是少數族群。

對少數族群可以為所欲為。

如同他們在十一年前對八六做過的那樣。

托爾用鼻子呼氣。

「到時候，一定……會弄出什麼義勇兵來吧。」

聯邦也不光是出於善意接受多達數百萬人的難民。

雖說日前的第二次大規模攻勢成功讓主力撤退至預備防衛線，但聯邦軍死傷依然慘重，有必要設法補充人員。

聯邦內的工作年齡已經需要用到女性跟少年。所以，接著必須「從聯邦外面」想辦法，最起碼表面上不能違反人道精神。

共和國國民包含了眾多老弱婦孺，而且都沒打過仗。即使如此，除了年紀太小的小孩與老得不能動的人，好歹還能抱著炸藥或槍枝奔跑。

如同原本也沒打過仗的八六在第八十六區做過的那樣。

可蕾娜小聲低喃：

「本來以為共和國一沒了八六，就只能等著滅亡……」

如同辛往日留下的預言，假如八六全軍覆沒……

大概也不會像辛的預言那樣，無力戰鬥直接滅亡吧。他們應該會照老方法繼續打仗，也就是把戰爭推給月白種或雪花種。

恐怕就像他們對八六做過的一樣，宣稱那個族群是不如人類的劣等種。

他們曾經把人類變成非人族群。

既然已經做過一次，再做一次也沒差。

「結果原來只是變成白系種之間上演同樣戲碼啊……根本不一定非我們不可，不一定非八六不可。」

[EIGHTY SIX]

At the Republican Calendar of 368.8.27.

Two day has passed since the "First Great Offensive".

The fall of Liberté et Égalité.

共和曆三六八年
八月二十七日「第一次大規模攻勢」兩天後

貝爾特艾德埃卡利特淪陷

Judgment Day.
The hatred runs
deeper.

無頭的四腳白骨骷髏魚貫鑽過鐵幕的閘門。

遠遠圍觀這個光景的聖瑪格諾利亞共和國國民之間傳出些許忍受不住的呻吟。

出於絕望與嗟怨，以及憾恨與厭惡。

北部的鐵幕已在這一夜淪陷，於首都貝爾特艾德埃卡利特鋪設的絕對防衛線也被入侵八十五區的「軍團」所搗毀。大難不死逃到這個東部第八十二區的所有人無不灰頭土臉、憔悴不堪，然而即使亡國命運與自己的死亡迫在眉睫，這一瞬間禁不住表現出的絕望反倒比之前來得大。

蕾娜背對著並非她率領而來的國民佇立，第一批「破壞神」來到她面前駐足。看到處理終端們從機體下來，嗟怨的喧譁聲升高了一階。

五顏六色的頭髮與眼睛，和全身上下只有銀色一種顏色的白系種共和國國民們簡直是天差地別。這些異民族的少年少女，少數幾人甚至連膚色也異於他人。

八六。被逐出共和國八十五行政區這個唯有人類才有資格居住的樂園，進化失敗的下賤、愚鈍的偽人類。棲息於人外領域第八十六區，本來應該被迫絕種，不會再回到國內的人形家畜們。

看到這些髒東西再次踏上共和國的土地——踐踏共和國這個人類史上最優良出色的神聖國家，讓國民們發出臨死哀號般的呻吟。

在隊伍前頭，有一架漆黑裝甲畫上經過設計的眼球識別標誌的「破壞神」，旁邊一個把毛躁的殷紅頭髮剪短，穿在身上的野戰服拉鍊拉到肚臍底下的處理終端咧嘴而笑。

「我們是頭一次見面對吧，管制一號。」

「是的，獨眼巨人，西汀．依達上尉。」

蕾娜縮起下巴點個頭，被瓦礫粉塵弄髒的白皙面容隨即露出淡淡微笑。

「……原來妳真的是女性。」

西汀果然還是快活地笑著。沙啞有磁性的女低音令人難以判斷性別。

「哈哈，常有人這麼說。妳則是跟給人的印象一樣，美麗又冷漠，染血的銀之女王。」

看到西汀好像沒把狀況放在心上地開懷大笑，國民當中有個男人走出來叫罵：

「都怪妳……都怪你們八六！貪生怕死苟延殘喘，不肯跟『軍團』一起去死！才把我們害成這樣！」

怒吼像火柱一樣，在新月無星的黑夜噴發。經過一瞬間的寂靜後，群眾在他的激憤推動下開始齊聲謾罵叫囂。

對，就是你們八六不好。

因為你們沒有死命戰鬥；因為你們沒有抱著必死決心求取勝利；因為你們沒有捨棄你們骯髒的小命去打倒那些「軍團」。

因為你們這些豈止沒價值，甚至有害而無益的東西分明光是呼吸都會玷汙這個美麗的國家，卻貪生畏死。

枉費慈悲為懷又品德高尚的我們好心飼養你們這些人形豬玀。

忘恩負義。

沒用的東西。

都怪你們既無能又知恩不報，沒有任何罪過的我們才會落得這般田地。

簡直是自私自利到好笑，而且完全不知道何謂自作自受的一番譴責。難道共和國國民不知道既沒有挺身對抗「軍團」，也沒有求取勝利的其實都是他們自己？

這些人的荒唐不經讓蕾娜一時連話都說不出來。

西汀拿這些人沒轍似的搖搖頭，忽然揚起原本垂著的右手。

以伸手指人般的輕快動作舉向眾人的那隻手上……握著十二鉛徑（Gauge）大槍口凶惡嚇人的散彈槍。削短型槓桿式散彈槍（Lever-action sawed-off shotgun）。

亦即犧牲初速與後座力的減輕能力，重視在封閉空間的運用效能而縮短槍身的散彈槍。

「……咦？」

起頭的那個男人目光對上槍口，呆愣地低呼一聲的同時，她隨手就開槍了。

缺少槍管縮口（Choke）的削短型散彈槍（Sawed-off shotgun）由於霰彈（Buckshot）會在槍口附近廣範圍散開，在反人員近戰當中能夠發揮極大的壓制力。用來擊殺體型比人類大的鹿的九毫米霰彈高速向前散播——順著在最後一刻降下的準星，打穿了男人腳邊的一大片地面。

不知該說幸或不幸，沒有發生跳彈。即使如此，明擺在眼前的嚴酷暴力已足以讓這十年來對此徹底生疏的國民們不敢再虛張聲勢。

面對嚇得凝然不動的群眾，西汀悠然自得地重新裝彈。

她的手指依然扣著上膛槓桿，像是要把散彈槍丟出去一樣地甩槍，以上膛槓桿為支點來個轉槍退膛上彈(Spin Cocking)——右手再次握住槍把時，已經完成下一發子彈的上膛與瞄準。

這次準確無誤地對準男人的臉。

西汀用她那極具特徵的異色瞳盯著臉色鐵青發不出聲音的共和國男性國民，露出好似某種魔獸的尖牙高聲嗤笑。

「噗噗噗噗的吵死啦，你這白豬。是豬就要有豬樣，躲在豬圈裡簌簌發抖就對了。這樣的話，我們八六呢……」

處理終端們各自佇立於自己的「破壞神」旁邊，沉默地注視那些國民，用他們那五顏六色但一律不帶有感情色彩，在黑暗中深藏不露的冰冷眼瞳。

獨眼魔女(Cyclops)背對他們，嘲謔地笑。對還自以為是支配者的這群愚蠢白豬懷著滿腔惡意與侮蔑。

「就順便保護你們一下唄。」

該死的骯髒有色人種……！某人留下這句連狠話都算不上的漫罵開溜之後，其他國民也跟著如鳥獸散。

蕾娜側眼瞅見他們離去，說道：

「真抱歉，依達上尉……謝謝妳願意自我克制。」

結果得到意外冷靜透徹的一句回答。

「那還用說嗎？我要是當場格斃那傢伙，場面就真的一發不可收拾了。」

西汀讓那些傢伙搞清楚八六不是可以任意踐踏的「弱者」，而是碰不得的「威脅」，剛剛才能息事寧人。但是如果她開槍殺人——讓那些傢伙把他們視為「敵人」而不是威脅，事情就沒那麼簡單了。最糟的情況，共和國國民與八六甚至可能當場爆發武力衝突。

當然，攜帶武器又精熟用法的八六絕不可能輸給非武裝的共和國國民。軟弱無力的一般民眾來再多，碰上現代武器都只能被冷血地驅散、輾平，連戰鬥都算不上，只會上演一場單方面的大屠殺。

而八六也沒有任何道理需要手下留情。

他們之所以選擇自我克制，只是因為浪費子彈會輸給「軍團」。

「我們知道白豬們本來就是那麼智障，也已經習慣了。況且現在也不是把『軍團』撇一邊搞內戰的時候……不過，那些白豬好像還沒搞懂狀況。他們再繼續來那套，我們這邊遲早也會忍不下去喔。」

共和國國民都死到臨頭了，還是看不清現實。

「軍團」已經入侵到牆內，還是以為自己不會被殺。

他們還是以為現在發生的一切全是某人的無能無策所導致，只要照常把這份怨懣發洩在劣等種八六身上出出氣就行了。

以為自己什麼都不用做，自然會有人去打仗保護他們。

到現在還認真地以為他們是優於全世界任何民族的優良種。

殊不知這種痴愚的美夢，早就隨著鐵幕的崩潰毀於一夕。

「我們才懶得理會白豬是生是死。妳如果希望我們連那些傢伙一起保護——就去拚命教他們聽話吧。」

D-DAY PLUS TEN.

At the Celestial year of 2150.10.11

DIES PASSIONIS

星曆二一五〇年　十月十一日

D+10日

Judgment Day. The hatred runs deeper.

The number is the land which isn't admitted in the country.
And they're also boys and girls from the land.

「竟然又～～要去共和國了。」

「沒有比這更討厭的衣錦還鄉啦。」

破曉。

結束了出擊前夕的簡報會議，處理終端們一個接一個走在沉入琉璃色暗夜的黎明前的戰場。地點在聯邦西部戰線主要收容機動防禦機甲部隊的前進基地裡的一個角落。

上級命令他們前去支援迫害者共和國的避難計畫。儘管受命為了保護共和國國民而戰，這些少年的表情並沒有不滿或愁悶。

豈止如此，甚至還講些俏皮話，當成笑柄大聲取笑，互相討論即將開始的救援任務。

「話說，這是我們第二次拯救共和國了耶，從大規模攻勢算起的話。」

「嗚哇，超強的。竟然連迫害者都救了兩次，我們該不會是聖人吧？」

「那麼已經是第三次救援的我們呂卡翁戰隊，就是天使下凡嘍。」

「對耶，最先布署的隊伍真的是這樣。」「辛苦了。」「大天使滿陽大人辛苦了。」

「共和國的那些傢伙也該有點改變了吧？搞不好會感謝我們喔。」

「比方說變得有點像蕾娜或達斯汀那樣品行端正？」

「怎麼可能嘛。」「不可能吧。」「唉～～沒有比這更討厭的旅遊行程啦。」

不滿也好愁悶也好，甚至連眼看戰況遭到顛覆而無法拭去的不安，少年們都將其化為俏皮話，邊走邊開玩笑不當成一回事。

「我們又見面了，諾贊上尉！對了，那個說半天還是沒問到名字的囂張跟屁蟲今天是怎麼了呀！」

血紅色的頭髮配上深紅禮服與紅寶石頭冠還不夠，連緋紅披風都披了起來的紅色化身——更正，布蘭羅特大公領地義勇機甲聯隊「蟻獅」的吉祥物，思文雅．布蘭羅特朝氣蓬勃得一整個莫名其妙。

「…………」

辛沒搭理她，視線望向蟻獅聯隊長吉爾維斯．鈞特少校。辛睡眠還算充足，但現在是一大清早，而且正準備出發上戰場。如果是芙蕾德利嘉也就算了，他可沒那種心情去應付嘰哩呱啦的小朋友。

「你們義勇聯隊應該是游擊戰力，沒想到也被布署到最前線了。」

辛一隻手按住嘰嘰喳喳逼近過來的小腦袋瓜，讓她遠離自己並且問道。吉爾維斯用意外粗魯的動作推開公主殿下，也點頭回應。

「畢竟上回那場奇襲，雖然在參謀本部的盡力下似乎已經將人員犧牲壓抑在最低程度，怎麼說還是有人員傷亡。」

兩人站在西部戰線目前的最前線——森蒂斯・希崔斯防線的第三陣地帶。

此地原本就設置了碉堡、水泥製反戰車防禦工事與反戰車砲座，在戰線後撤時又盡量遍撒散布式地雷建構了趕工打造但密度夠高的地雷陣，然後追加運來了鋼筋組成的反戰車防禦工事與成排的反戰車砲。不只如此，目前還在建設強化水泥碉堡等工事。也就是說，眼下森蒂斯・希崔斯防線正加緊腳步強化防禦能力。

陣地帶布署了步兵部隊作為主力，包含蟻獅聯隊在內的機甲部隊全預置於第二線負責機動防禦。這些都跟戰線後撤之前的西部戰線戰略相同，同時也證明了機甲部隊的稀有價值。

「其他領地的義勇聯隊也被派去盯緊後撤的各戰線了。現在能繼續當游擊部隊的，頂多就剩你們機動打擊群了吧。」

說完，吉爾維斯忽地收起了笑意。

「上次那場作戰——公主殿下明明發現了那個什麼質量投射器，卻沒能來得及截擊。這實在讓人懊惱，我感到很不甘心。」

「………是。」

要說來不及，辛他們也一樣。如果要從看到了質量投射器這點追究，他們甚至還比思文雅與吉爾維斯等人早了一個月以上。

在摩天貝樓據點，以及——機動打擊群的第一場戰鬥，夏綠特市地下鐵總站據點。

早在那時候起，敵軍就已經在策劃砲彈衛星與第二次大規模攻勢……這場敗局也早在計畫當中……

沉重的情緒險些重回心頭，辛刻意壓抑住，讓它沉回心底。

吉爾維斯敏銳地看出來了，便皺起眉頭。

「……上尉，你還好嗎？戰況發生這種巨變，你不可能會覺得好過。更別說你們的女王陛下是……」

「是……我們都只是把兩件事劃分開來而已。畢竟現在正在作戰。」

他嘆了一口氣。

一些作戰負傷才剛返回陣線，能夠操縱「女武神」但真要上戰場還有困難的處理終端，在這場作戰當中會作為代步工具讓管制官與作戰指揮官共乘機甲。遠遠可以看到其中一人——莎奇與他的座機「女巫貓」讓蕾娜坐上追加座位，關上座艙罩。

附帶一提，旅團長葛蕾蒂是親自駕駛「女武神」，倒楣的共乘者是馬塞爾。

莎奇通知大家準備就緒。以那聲音為信號切換意識，辛冷靜透徹地抬起頭來回答：

「你擔心的事，我們都有自覺……放心吧。」

這天的第一道陽光染白了天空，同時作戰也宣布開始。

『開始挺進。「狂怒戎兵」——投射！』

受「弗麗嘉羽衣」的庇護，「女武神」接連空降至與西方方面軍對敵的「軍團」部隊背後。

這是屬於機動打擊群第四機甲群的「女武神」小隊。

『翠雨・十日夜——「報喪女妖」降落成功。接著壓制附近區域，堅守路線。』

同時，聯邦軍本隊也開始揮軍進擊。

兩隊以前後包夾的陣勢逐步排除高速鐵路軌道周圍的「軍團」。接著從東西兩路，占據聯邦西部戰線自黃道帶基準點西向六十公里至寶瓶宮統制線為止的鐵路。

抓準這個空檔……

『——我出發了。「牛身妖瞳」出擊。』

迦南率領的第三機甲群通過該區域。

緊接其後，以淨空並占據此處到共和國的進擊路線為任務，機動打擊群的兩個機甲群開始進軍。

『先掩護第四機甲群，協助他們淨空從這裡到九十公里處摩羯宮統制線的路線。砲兵部隊，打擊敵軍的前鋒！』

「啊啊！」思文雅忽然從背後的砲手座發出慘叫般的聲音，讓駕駛座的吉爾維斯反射性地抖了一下。

由他指揮的義勇聯隊「蟻獅」雖然尚未開始戰鬥，但無庸置疑正在作戰。在這種無論對周圍環境還是通訊都不能疏於注意的警戒狀況下，思文雅還冷不防來這麼一聲慘叫。

「哥哥！我又沒問到那個吉祥物的名字了！」

「…………是喔……」

吉爾維斯肩膀無力地下垂。還以為怎麼了咧。

再說，什麼叫沒問到？照她那種口氣，辛可能根本沒聽出她是在問人家的名字。

「公主殿下，下次見到上尉或那個女孩本人時，就老老實實地問人家的名字，知道嗎？」

突入敵區的聯邦軍本隊堅守三十公里處的雙魚宮統制線；由翠雨指揮的第四機甲群堅守一百二十公里處的人馬宮統制線。迦南率領的第三機甲群淨空並確保二百一十公里處的天秤宮統制線；梅霖的第二機甲群淨空三百公里處的巨蟹宮統制線，確保區域安全。

距離共和國，尚餘九十公里。

『諾贊，那再來就拜託你嘍！』

「好。」

於是在辛與蕾娜的指揮下，第一機甲群開始戰鬥。

以鄰接共和國八十五區外圍第八十三區的鐵幕——四百公里處的牡羊宮統制線為目的地，在「軍團」支配區域殺出一條血路。

隊伍僅以「女武神」與「清道夫」組成，無其他隨行車輛。由於在最糟情況下必須用最快速度衝回據點，他們沒把速度較慢的「華納女神」帶來。

配合隊伍行動從鐵幕內部出兵進攻的派遣軍也正從反方向淨空通道。目前已確保到三百六十公里處的金牛宮統制線。隊伍繼續疾馳，前方的鐵幕已經進入視野。

在疾馳的「送葬者」與「女武神」隊伍背後，置身於陽光斜射的秋日早晨空氣中，從聯邦開往共和國的第一班列車飛馳而過。

†

「——可以問個問題嗎，少將？共和國的全體難民已經按照指示，提早到這第八十三區周圍集合了對吧？那麼那陣白煙是什麼？」

「第二十四區的地方政府大樓把整間資料保管庫燒掉，就變成那個火堆了。」

救援派遣軍指揮官理查．亞納少將現在坐鎮的臨時指揮所，離共和國第八十三區舊冬青市高速鐵路總站——本次作戰的代號為櫻花基準點——不遠。

為了以留守共和國的最少兵力進行防衛任務，共和國的所有國民已經按照指示移動到這第八十三區以及周圍三個行政區，依照出發順序分好組別。從第二天開始避難的人，將會安排他們在兵舍或工業區預定全數捨棄的第八十三區，住進生產工廠的作業員宿舍過夜。

然而從借用舊冬青市市政廳設置的臨時指揮所的窗戶看出去，就像葛蕾蒂說的那樣，可以看到街道遠方裊裊升起一團白煙。

至於理查面前的大桌子上，紙類文件只有一張大地圖，其他資料全是投影的電子文件。理查用一隻眼睛環顧這些必要時可以立刻全部收起帶走的全像資料，用鼻子輕哼了一聲。

「第一區也正在舉辦同樣的活動。好像是必須銷毀的文件太多，來不及在避難前做完，聽說只能勉強趕上第三天的最後一班列車……以紙本為主流文件的國家真是不容易啊。」

「會不會把一些對他們不利的資料也燒掉了？」

「妳以為我有那麼糊塗嗎？重要資料早在去年救援的時候就影印完成了。至於共和國政府請我們帶走的極少數重要文件，已經準備好連同原始版本一併運送。」

理查指指前面，載滿器材跟物資準備撤退的運輸卡車隊正好要出發。

在這場為期三天不分晝夜的避難作戰，此時還只是首日上午。順序最優先的聯邦軍非戰鬥人員已經全數搭乘早晨的第一班列車回國，現在正在處理後續作業，準備把共和國國民塞進之後將陸續到來的好幾班避難列車，送他們回聯邦。

就目前來說，政治家、高級官員與居住在第一區的舊貴族階級已經順利完成避難。現在輪到第二區到第五區的白銀種，以及軍方的將官、校官級人員乘車或是等候班次。

「也就是說這些原始文件當中也混入了一些其他東西嘍。例如八六的人事資料等等。」

「那個的話早在更久之前就以調查為由把原始文件送回國內了。那些資料對我們聯邦來說才是真正的寶山，說什麼都不能讓共和國銷毀。」

要公開共和國的惡行並大肆宣傳聯邦的慈悲與正義，少不了那些證據。

身為當事人八六之一的辛，對這些卑鄙的成年人與現實感到有點厭煩，一言不發地待在葛蕾蒂背後候命。你們好歹也假裝一下吧。還有，沒把蕾娜帶來果然是對的。

辛別開目光往窗外看去，高架橋上的月台正好有一班列車出發，換成在切換式軌道等候的下一班列車駛進月台。

搭乘這班車的軍人集團在聯邦憲兵的引導下，川流不息地被吸進各節車廂，對面則是在聯邦國內總站讓滿載的難民下車再返回的空車廂，進入空出的切換式軌道等著駛進月台。幾十個車廂串聯成列車，就這樣用一批批車隊展開以數量取勝的避難作戰。

至於冬青市總站前的廣場也一樣，巴士一班接著一班停下並吐出大量人潮，同樣全是穿著深藍軍服的共和國軍人。這些軍階較高的將官、校官級人員分配到的是從今天上午到中午的列車，也就是現在這一批班次。

這些人讓圍繞廣場四周的共和國軍人——分配到的想必是高官們的下一批班次，也就是將從中午到傍晚進行避難的尉官們——負責警衛工作，不曾在無人廣場停留片刻，悠悠哉哉地直接走進火車站。拋下他們本該保護的國民，對於那些被拋下的國民與警衛軍人之間發生的小衝突不屑一顧。

但是在月台上，一個初入老境的校官卻似乎對未曾體驗過的擁擠電車很有怨言。看到聯邦軍憲兵按捺著表情充耳不聞，辛心生些許同情。

看著同一個場面，葛蕾蒂說：

「共和國軍人全都得到特別待遇，這麼快就能逃走了，何必還要這樣抱怨？」

「從早晨的班次就不時聽到一些人在胡說八道了，抱怨迎接他們的不是豪華列車。」

理查用鼻子哼了一聲，只差沒說「荒謬透頂」。現在不是能說那種話的狀況，更何況聯邦軍終究是外國軍隊，沒道理聽他們抱怨。

「最起碼那些政治家排到的都是客車座位，其他問題我們管不著。我們的任務不是提供舒適的旅程。都已經把原本可以用來運輸『破壞之杖』跟兵員的列車騰出來了，對待遇或順序還有意見的話大可以留下來，我無所謂。」

「順序……是吧。」

「是啊，沒錯。那些搭第一班避難列車逃走的政府高官與前貴族們，趁著還沒被國民發現前出發，然後把後面準備逃走的軍人安排在國民的眼前，讓他們當代罪羔羊承受國民對避難順序較晚的不滿聲浪……只能說這方面的處理，他們果然是駕輕就熟。」

如同過去把原本應該對政府跟軍方發洩的對敗戰的不滿與憤懣推給八六那樣。

把「拋下國民搶先逃走的軍人」交到民眾眼前……國民的激憤會先朝向軍人。至於趁早開溜的高官們，國民沒有看到他們逃走的模樣，所以也無從表達不滿。

「所以那些高官要是有哪裡不滿意，也照樣從他們自己當中挑個適當的代罪羔羊就是了。好比那個憂國騎士團一樣。」

聖瑪格諾利亞純血純白憂國騎士團——也就是辛等人所說的洗衣精，曾經要求聯邦歸還八六，比照大規模攻勢以前的做法當成防衛戰力運用，並且如同大規模攻勢以前那樣，免除聯邦要求共和國國民負擔的國防義務。他們藉由這些政治訴求獲得國民的支持——但終究沒能要回八六，甚至搞到在「軍團」的攻勢下被迫放棄國土，結果似乎因此失去支持而垮台。他們現在……

「上頭讓他們跟那些高官一起去避難了是吧，而且是故意的。」

「比起看起來無能但並非無力的聯邦軍，無能又無力的對象想必更容易譴責吧。如果對象近在身邊就更是如此了。」

辛已經聽到厭煩透頂了。真正令他不高興的，其實是過去的自己。

還說什麼人類跟世界一點都不美麗。

自以為知悉所有醜惡的事物，卻選擇漠視被隱瞞的部分。

他隱約感覺得到自己正漸漸轉變為不被隱瞞的立場——不再是個孩子。

「所以說，你們沒把米利傑上校帶來是明智的抉擇——那些國民要是看到她，誰知道會講出多難聽的話來。」

在這個對她而言是故鄉，也是祖國的城市，遭受應該是同胞的白系種辱罵。

如今這個祖國即將滅亡，那些辱罵聲浪對蕾娜而言——想必會變成難以癒合的傷痛。

說著，理查忽地將視線轉向了辛。

「不過要論這點的話，八六也一樣吧。真沒想到上頭會派你們——機動打擊群馳援共和國。國內的戰力真如此吃緊？」

被他用獨眼飛快地睇了一眼，葛蕾蒂悠悠地聳聳肩。

「反正機動打擊群的任務是掩護撤退行動，宿舍管理與避難引導都是共和國的行政職員在負責呀。月台上的引導也是由憲兵負責。真的到非不得已的時候，我會讓極光戰隊去處理。既然不會直接接觸，負擔應該沒那麼大吧。」

聯邦軍人選擇極力不干涉共和國國民的避難行動。

這是因為聯邦軍人沒有義務去分組統率外國國民或強迫他們避難，也沒有那個權限。共和國國民不是聯邦人民，聯邦軍為了確保聯邦國民的人身安全，可以動用武力強迫他們到安全地帶避難，但不能對共和國國民比照辦理。

再加上目前戰況必須第一優先保住本國軍人（戰力），後勤、運輸兵團以及憲兵團等非戰鬥單位都用避難列車的首班車第一個送去避難了。

「諾贊上尉，你聽到上校說的了，但你自己的看法呢？……有話但說無妨，不用有所顧慮。我可以聽你抱怨。」

如果你對上級要求八六拯救共和國國民有意見的話。

辛稍微想了想，回答：

「由於作戰時間只有七十二小時，與其發生無謂的糾紛浪費僅有的時間，我認為像現在這樣從一開始就安排我們八六不跟共和國國民接觸很合理。」

理查微微揚起了一邊眉毛。

神情略顯意外。

「……哦？」

辛淡定地說下去。

聲調反映了他由衷的漠不關心——對共和國毫無半點執著。

「我沒有任何想說的話——任何不滿。這是任務，我們是軍人。我們來到聯邦，選擇了這個身分……接受了選擇的自由，所以……」

所以——

「我本來就不想找共和國人報仇，也沒做那種選擇。早在我待在第八十六區時，那些傢伙就沒有重要到能影響我的想法。到了現在，我只覺得更不關心。我不會想救他們，但也不會希望他們去死。只要能盡量不跟他們扯上關係，我沒有其他意見。」

怨嘆……

忿恨……

傷痛，都已放下。

「我不會再讓那些傢伙妨礙我們的人生——在記憶裡也不准。」

托爾駕駛的「女武神」——「莫空龍」的光學螢幕顯示時刻已過中午，避難順序這時輪到了共和國軍人的下級軍官——尉官與他們的軍眷。

第八十三區、周圍三區與鐵幕內側目前都尚未有「軍團」入侵。無論是辛事前進行的索敵或是派遣軍的「破壞之杖」巡邏的結果，這個秋日午後都是一片平靜安寧。

然而當著托爾的眼前，在避難出發地點冬青市總站（櫻花基準點）前的廣場上卻不斷發生糾紛。

這邊是國民與軍人，那邊是軍人與引導避難的行政職員。共和國人之間大小衝突不斷。

負責廣場警衛任務的尉官們開始避難，由臨時搭設的圍欄與行政職員代為圍繞這座白色石造廣場嚴加警備。身穿深藍軍服的軍人躲在裡面，穿便服的國民三三兩兩地貼在外側，從圍欄裡外兩邊互相叫囂。

能夠進入廣場的唯一閘門旁邊堆起了大大小小的旅行包，一個被人把厚厚一本相簿扔到那座小山的青年軍官正在跟閘門管理人員爭辯。

畢竟要在短短七十二小時內讓數百萬人避難，就算把陸續到來的列車全部塞爆也只能勉強趕在三天內完成，沒有多餘空間容納行李。能帶去避難的著實只有自己一個人，分明已經事先通知民眾禁止攜帶隨身行李，卻有些人不肯死心地抱著家當過來，結果被迫在這裡丟棄，堆起了這座行囊小山。

青年大概也是被迫把帶來的相簿扔在這裡吧。

而且那裡面一定裝滿了他的回憶。

說不定他的家人如今只存在於那本相簿當中。

青年淚流滿面地辯解，負責管理閘門、年紀尚輕的行政職員也不知道能怎麼辦，都快哭出來了。

托爾只是待在「莫空龍」裡望著那幕光景。

不是為了協助人員誘導避難。聯邦軍人除了在月台上誘導民眾搭乘列車之外，不會干涉避難行動，也沒有權限。他只是因為總隊長兼戰隊長的辛去臨時司令部辦事，正好閒著沒事，就來觀看一下避難的情形罷了。

即使如此，光是一架「女武神」沉默地停在附近，似乎就足以對避難群眾多少達到一點威懾效果。青年軍官最後瞥了一眼跟這事毫無瓜葛的托爾的「莫空龍」，才終於放棄相簿；行政職員則是看了他這邊一眼，偷偷低頭致謝。

那個職員從剛才到現在好幾次悄悄對他低頭致謝，讓他感覺怪怪的。

儘管他還是不會去同情那些人。

「……是說戰況都已經這麼危急了，白豬之間竟然還在吵翻天，真是有夠丟臉的。」

又是一陣彷彿能貫穿秋日天空的怒罵聲尖銳急促地響起。

這次是來自廣場外，來自還沒輪到搭乘避難列車的民眾之間。聲調中帶著非議與譴責。

為什麼是你們先搭乘列車？

為什麼軍人可以比我們國民優先？要知道你們的薪水是我們的稅金，而且無論是在大規模攻勢還是更早之前，你們都沒派上過半點用場，明明從來沒戰勝過「軍團」。

明明沒能保護好我們國民。

鏘！圍欄發出的劇烈聲響打斷了怒罵聲。

有一隻手從圍欄裡伸出來，揪住大吵大鬧的民眾的胸襟，把對方拉向自己。從圍欄裡伸出的是軍人的手。軍人丟下無力的民眾搶先逃跑，卻驕傲自大地吼回去：

「——你們才是，什麼時候上過戰場了！」

大聲吼叫。

在那銀色雙眸中燃燒著藏不住的憤怒與憎惡。

「大規模攻勢也是，後來也是！強迫我們上戰場殺敵，自己只會哭叫著東躲西竄，還要靠我們來保護！我們死了那麼多人，你們也只會躲在後面大聲抱怨，聯邦來了之後，你們還是自私自利地逃避徵兵！——你們說誰派不上用場了？你們才是沒打過半次仗，派不上用場的累贅！」

雙方互相扭打、辱罵。銀髮國民與銀眼軍人，不顧彼此擁有相同的色彩互相仇視。

托爾感覺到那種醜惡反而讓他胸口被一種苦澀淹沒。

就跟作戰前可蕾娜說過的一樣——其實不是非八六不可。

白豬之間也會把各種損失推到別人頭上。

白豬之間只要狀況於己不利，也一樣不再是自己人跟同胞。

把損失、傷痛、戰鬥與死亡等自己絲毫無意扛下的事物毫不內疚地推給別人，推給別人的同時還一副受害者的嘴臉，大聲叫嚷著：你為什麼不願意接受，怎麼會這麼不負責任。

那種……醜惡。

在第八十六區，他不只是恨過那群白豬，更是由衷瞧不起他們。現在也是。

可是現在，眼前這些共和國人的嘴臉已經太過醜惡，太過可悲。

甚至不值得他嘲笑。

「總覺得啊，誇張到這種地步就連恨都恨不起來了，只覺得整件事情好沒意義喔。」

辛向理查少將告辭，走在忙於撤退作業人聲鼎沸的指揮所內，不經意地提出一個問題。對象是以知覺同步相連的另外三名總隊長。

「雖然我剛才那樣說……你們不抱怨一下沒關係嗎？」

翠雨回應了：

『喔，不用……反正差不多就是依此類推。』

能不扯上關係就好。雖然不會想救他們，但也不特別希望他們去死。

『再說，我們——除了你們前先鋒戰隊以外的八六，其實現在才來問這個太慢了啦，諾贊。因為在去年的大規模攻勢，我們去戰鬥就等於間接拯救了那些白豬啊。』

迦南接著說：

『而且，我看這次共和國人也非從軍不可了。戰況已經惡化到這種地步，他們等於是哭求聯邦大發慈悲，待遇總不可能比我們好吧。光是這樣就夠大快人心了。』

「是這樣沒錯，不過……還是請你們別當著蕾娜、阿涅塔跟達斯汀的面前這麼說。」

『當然。我可不想被某人用鐵鍬砍掉腦袋，或是被某人飛彈誤射。』

第二個某人說的似乎是安琪。

這倒提醒了辛一件芝麻小事，就是大家還沒拿打開的油漆桶跟奶油派扔達斯汀。他們本來打算趁著這個十月的休假，兩種選一個去扔他的。

……都想起來了卻沒做感覺不太吉利，於是辛決定之後找個空檔，先拿桶冷水去潑他再說。

『啊，對了。說到這個我想起來了，諾贊你之後去請萊登他們拿水潑你一下吧。雖然說作戰已經開始，好歹趁開始撤退之前消消災吧。』

『噢……說得也是。這種事沒做成反而好像在立旗標，更何況你跟上校的事可是特大級的死亡旗標呢。要是有個萬一，會害上校夢寐不安的。』

『聽說修迦他們本來是想趁放假時下手的，我會跟他們說一下提前了。順便我們也來拿水潑那些找到對象的傢伙吧，總覺得很火大。』

想都沒想到竟然連自己也被列入類似對象，辛陷入短暫沉默。還有梅霖，你最後真心話也說太多了。

辛試著提出了最起碼的要求。

「……至少放過蕾娜吧。」

『那是當然，這還需要你來說嗎？』

『她那麼瘦一隻，要是著涼感冒了怎麼辦？多可憐啊。』

『況且真要說的話，我覺得上校已經消災消夠了吧。像是這次這件事……還有大規模攻勢也是。』

翠雨苦笑著說了。

聲調帶有些微苦澀。

『回到正題，老實講，我本來還覺得滿痛快的。那些白豬以前瞧不起我們八六，說什麼我們是劣等種，他們才是優良種，結果鐵幕一毀就完全成了廢物，沒有我們保護就只能被『軍團』踐踏，卻還在那邊搞不清楚狀況地噗噗亂叫……我本來是覺得很痛快，甚至覺得他們活該，而且只要一想到那些傢伙的命運如今握在我們手裡——就覺得很開心。』

可以視心情而定見死不救，也可以救他們一條小命。如果被他們出言侮辱，可以寬宏大量地放他們一馬，也可以報復性地把他們丟到「軍團」的腳邊。

這種……

『……該怎麼說呢？我們擁有能隨時恣意玩弄他們的力量，而他們沒有。這應該叫全能感嗎？真的讓我很開心。』

能夠支配他人生死的強者才能有的……

陰暗的——愉悅。

但這份感受……

『我已經享受了足足兩個月，過癮了——覺得我不用再懷著那種心態了。』

「…………」

『所以我本來在想，反倒是諾贊你連那種發洩怨氣的機會也沒有，心裡會不會介意。』

『要說這個的話，梅霖也一樣吧。畢竟他就是連順便保護白豬都不樂意，才會另外蓋了一個據點……梅霖，你不在乎嗎？』

被兩人這樣詢問，梅霖似乎聳了聳肩。在大規模攻勢時，他因為不想歸蕾娜管——不想讓共和國人指揮，就在南部戰線自行搭建據點當起了指揮官。

『這個嘛……那時候就像我說的，我是真的死也不想保護白豬，所以也沒去加入米利傑上校的行列……不過，現在……』

「坦白說，總覺得有點掃興耶。」

包括瑞圖在內，闊刀戰隊的隊員在大規模攻勢時不願意跟隨共和國人戰鬥，於是選擇聽從梅霖的指揮，而不是蕾娜。所以無論對瑞圖還是隊員們來說，這都是他們第一次直接為了保護共和國國民而戰。

由瑞圖指揮的第一機甲群第二大隊布署於鐵幕外，於高速鐵路軌道的兩側細長地散開。其中闊刀戰隊的散開位置為牡羊宮統制線附近，亦即與鐵幕相鄰的區域。此時他們一面等待其他戰隊做完補給，一面負責區域的警戒任務。

話雖如此，目前「軍團」尚無動靜。

所以他們暫時有空目送像家畜貨車一樣塞滿共和國人的車隊離去。

「雖然說如果要問能不能原諒他們，還是完全沒辦法……大概一輩子都沒辦法。」

自己與其他同伴絕對無法原諒那些傢伙。

他們家人慘遭殺害，被驅離故鄉。戰友們遭人冷血無情地壓榨至死。

自由與權利被剝奪，他們每一個人都被傷得太深，以至於不敢真正地放眼未來。

瑞圖以及每一個同伴至今為了取回未來跟希望而經歷的苦惱跟懊惱，其實原本都是不需要繞的遠路。

是那些傢伙強迫他們承受這些痛苦。

不可原諒——就算他們哭著道歉，這份罪孽也絕不可能洗白。

他們一定永遠都不會覺得只要那些人改過向善贖清罪過，他們也能取回小小的幸福就夠了，甚至希望那些人到死都被人指指點點，悔不當初，永遠過著悲慘的人生。

但是，他們也不會想親手把那些人推落那種境地。

因為……

「因為那些傢伙——早就自己給自己找罪受了，在大規模攻勢的時候。」

面對大軍壓境的「軍團」，共和國國民家人死於非命，失去了故鄉。

所有人無不遭受鋼鐵巨浪無情悽慘地踐踏。

到了最後，共和國自己也——一度化為烏有。

鐵幕倒塌後，共和國的倖存者直到聯邦馳援前的兩個多月，只能躲在無處可逃的要塞牆內，在殘酷的生活當中一天天消耗心力，步入絕境。

但這兩個月的絕望卻是共和國國民不肯正視長達十年來的戰火，把自己關在狹隘的美夢裡，到頭來甚至喪失了自衛能力所帶來的後果。

不用等到瑞圖他們八六找方法懲罰他們。

「不用我們特地去報仇，那些傢伙已經在大規模攻勢當中為自己的無能、無策、不負責任與至今對狀況袖手旁觀的所有行為付出了代價。可是他們都已經受到這種懲罰，卻仍然連反省也不會，所以才會……又一次落得這種下場。」

載滿難民的列車經過他們眼前，逐漸遠去。

用那種包含了家畜與貨櫃車廂等在內的簡陋編組，絲毫沒有考慮乘客的舒適問題之類，甚至連可能受傷的風險都加以忽視，水泄不通得簡直把人當成行李。

自己過去遭受過同種對待的幼時記憶令內心深處惴惴不安。

然而看到他們與自己兒時同樣悲慘的模樣，也不覺得同情。

所以，瑞圖不覺得大快人心。

因為反正……

「反正這件事結束之後，他們也不會反省啦。只會把責任歸咎於沒有人要幫助他們，而且會一直講下去，所以今後那些傢伙還是會繼續把自己害得慘兮兮。既然這樣，我也不想報復了。」

反正就算報復那些傢伙，他們也不會悔改或反省。

因為不會悔改也不會反省，那些傢伙會自己越來越悲慘。終其一生都無法逃離那種未來。

「他們做過的事大概也沒必要去記得，所以——算了吧。」

托爾看著的那場總站前廣場的小衝突，可蕾娜也在「神槍」旁邊看著。她不是在看好戲，是為了面對那些人，故意從「女武神」下來，讓活生生的自己沉浸在共和國人們的騷動中。

她注視、傾聽，然後悄悄嘆息。

……什麼嘛。

自己以前還那麼怕共和國人。

現在一看，卻只覺得他們渺小無力，就像群犬嚇得狂吠。

她原本以為自己被困住了。

結果被困住的其實是白豬們。

不敢面對恐怖的事物──對真正造成威脅的「軍團」視而不見，甚至連自己的恐懼也不去正視，不去傾聽。

毀掉某些不堪一擊的事物就以為自己變強悍了，用這種心態掩飾自我的恐懼。

結果就是鐵幕與強制收容所，第八十六區與八六。

蓋了那麼蠢的一道牆害死一大堆人，可是做到這種地步，卻仍然只是在自欺欺人。到頭來共和國直到最後的最後一刻，直到現在都還是不肯挺身面對「軍團」這個真正可怕的敵人。

永遠只能對眼前的威脅視而不見，才會拿不出什麼像樣的對策，導致自己繼續被困在威脅當中，到現在仍然裹足不前。

甚至無法省察自己種下的禍根。

開戰時共和國正規軍之所以會全軍覆沒，鐵幕之所以會淪陷，都是八六不好。都是因為軍方不能保護他們，都是因為國民不肯從軍。以前也是，將來也是，都是別人的錯。

千錯萬錯，都不是自己的錯。

一直抱持著這種心態或許比較輕鬆……但是那樣，也就永遠改變不了自己的困境。

她注視著那些人，喃喃自語。

「嗯，沒事。我已經——沒事了。」

因為，她已經不害怕了。

共和國的白豬雖然很可恨，雖然不可原諒，但已經不可怕了。

自己真正害怕的，是過去保護不了雙親、姊姊、戰友們甚至是自己，那個兒時的自己留下的傷痛。是可能無法為自己跟同伴打破困境的，自己本身的無能為力。

而不是這些渺小、連保護自己都不會，成天只會怨天尤人的白豬。

其實這些傢伙根本毫無半點力量能讓人害怕他們。

她如今終於明白了這點，所以這些傢伙只是不可原諒，但已經無關緊要了。

「我已經跟辛還有大家並肩奮戰到今天，努力活到了這一刻。我已經知道，我很堅強——所以，像你們這種人……」

你們這種渺小、軟弱的白豬。

「已經沒什麼好怕的了。」

鄰接第八十三區的要塞牆早已在大規模攻勢全數倒塌，安琪讓「雪女」站在殘餘的少數幾棟要塞之一上面代替瞭望台，倚著它的裝甲眺望牆外與牆內。

急速駛往聯邦的避難列車，與從聯邦返回此地的列車擦身而過。「破壞之杖」以及由它們護衛的運輸卡車排成鋼鐵色長蛇陣，沿著高速鐵路的兩條鐵軌前進。保護載滿無論如何都得帶回國內的器材又跑得慢的卡車，車隊頂著開始斜照的陽光，井然有序地前進。

遠方的第八十區附近斷斷續續傳出震天動地的巨響，那是工兵們設置的塑膠炸藥發出的爆炸聲。說是擔心留下鐵幕，萬一電磁加速砲型盤據八十五區內，後果不堪設想，所以至少得摧毀鄰近聯邦的要塞。

她轉動與頭頂上方秋日天空同樣湛藍的雙眸，環顧背後的街景。

安琪幼時最後看到這裡的時候，還沒有那些生產工廠與發電廠形成的冰冷山脈。在它們的後方有著蓋得擁擠雜亂、單調而缺乏特色的住宅區。

現在難民集合的總站前廣場，聽說自從冬青市被重建為工業區之後就被挪用為裝卸區。在「軍團」戰爭爆發以前，這座白石廣場想必曾經精緻瀟灑，而如今長達十年以上欠缺維護，鋪地石板早已滿是缺角與裂痕。

「………」

如果問她是否想重返舊地，答案是還好。

沒有重返故鄉的感慨，也不覺得懷念。不過就是具有故國名義的國家罷了。

比起逐漸被綠意吞沒的第八十六區的色彩，這個國家是如此地扁平無趣，現在聯邦的聖耶德爾或鄰鎮的街景反而讓她看了更習慣。

所以，說到要回家的話，現在已經……

安琪微笑著喃喃自語。

永別了。除了是我的出生地，其他什麼都不是的國家。

「永別了……我生活的城市，我想度過人生的土地──想回去的家，並不是這裡。」

老婆婆讓年幼的萊登藏身的學校在第九區。第九區在所有行政區當中位於中央地帶略偏西北的地點，因此離位於東南外圍地帶的第八十三區很遠。

想到這可能會是最後一次，萊登原本想帶點照片回去給老婆婆跟蕾娜他們，但他現在站在第八十三區的路邊撇撇嘴，覺得恐怕是沒辦法了。

他心想「那至少拍些這附近的照片帶回去吧」，拿起帶來的數位相機對著無人街角。

大概是大規模攻勢時遺留的，戰鬥痕跡猶存、無異於廢墟的街道與建築當然也夠悲慘，然而組合屋式建築雜亂地擠滿窄小用地的畸形街景，更是令他內心驚駭。

為了把開戰前國土比現在更為廣大的共和國全國國民硬是塞進牆內的窄小空間，不得不用上這些組合屋。

老婆婆那間學校所在的第九區，居民大多比較富裕，街景還不至於擁擠到這種地步。

此外就蕾娜跟阿涅塔的說法，第一區重視維護景觀更勝於接受難民，即使在戰時仍然禁止建造高層建築。

儘管有這麼多難民在惡劣的居住環境中叫苦連天。

戰爭為共和國帶來的弊病，其實並不只限於八六。

小得讓人透不過氣，應付性設置的公園可悲得讓他連照片都不想拍，放下相機抬起頭來時，看到戰隊的同袍站在那裡。

「克勞德？」

是第四小隊長，克勞德．諾圖。

任由夾帶塵土的風吹動紅髮，他用藏在眼鏡底下的月光色眼瞳仰望著似乎曾為日晷的雕塑頂端反射陽光。

聽到有人呼喚自己，他視線轉過來看到萊登，眨了眨眼睛。

「萊登……噢，想拍照帶回去給老婆婆老師是吧？」

「還有蕾娜跟阿涅塔，也可以拿幾張給神父。說不定以後沒機會看到了。你呢？」

「噢……想說以後可能看不到了，就過來再看一眼。」

很不像是受過共和國迫害的八六會說的話。

萊登一時反應不過來，注視著克勞德；但克勞德沒看他。

「我老哥當過指揮管制官（Handler）。」

萊登當場驚呆了。

「……啥？」

「老哥是老爸前妻的兒子，跟我不一樣，是白系種。在大規模攻勢之前，他是我跟托爾那個戰隊的指揮管制官。」

聽說他跟托爾在大規模攻勢，甚至在更久以前都是待在同一個戰隊。又聽說就是因為這樣，個人代號才會都是同一個作家的童話裡登場的怪物。

先不管這些，萊登是真的嚇傻了。

弟弟是八六兼處理終端，哥哥是只負責指揮不負責支援——不被允許那麼做的指揮管制官。這種關係，對兩人而言都如同身處地獄。

「是知道才提出志願的嗎？」

「老哥大概是吧。我那時候不知道是他，因為老哥跟我報的是假名。當時我還笑著想說這個管制官真怪，竟然會問處理終端的本名叫什麼。」

當時他作夢也沒想到，那是哥哥在尋找被迫成為八六的弟弟。

「……你老哥，跟你老爸……」

克勞德嘆氣般回答了。

像是氣力隨著那口氣一起飄走。

「不知道……」

「………」

「大規模攻勢期間，同步還有相連。後來我有請人尋人，但沒找著。所以……」

所以，這個哥哥與父親曾經待過的八十五區……彼此錯身而過，終究沒能見到一面的哥哥待過的共和國……

這個他沒當成故鄉——但終歸是祖國的國家，最後的模樣。

「想說以後可能看不到了，就過來再看一眼啦。」

†

共和國國民搭乘的避難列車將會抵達聯邦西南部貝勒德法戴爾市的總站。從北部鷲冰線總站的所在地克羅伊茨貝克市，與南部花鷲線總站的所在地競技場市發車的鐵路，會在這個開往聖耶德爾的鐵路起點站會合。這座作為迎接外國訪客的城鎮，以舊帝國的都市規劃而論罕見地較為重視市容的美麗火車站，又有一班新的避難列車到來。

這是幾乎按照軍階高低避難的軍人們當中，上尉級人員搭乘的第一班列車。混在陸續下車的深藍軍服軍人之間，一名約莫十二歲的少年下了車。

以人道觀點作為藉口，實際上是為了減輕搶先逃走的軍人的罪惡感，避難列車每幾節車廂就會有一節供戰災孤兒優先搭乘。即使同樣是孩童，軍人們還是希望讓自己的家人優先搭乘，所以車廂從總數量來看其實只是作秀。

少年以及與他出身於同一座設施的孤兒們獲准搭乘這少數幾節車廂之一。

一位據說從前跟父親是同袍的軍人叔叔說是上級命令還什麼的，就把他們帶上了車，還說：

「我也沾你們的光搭同一班車，謝謝你們喔。」

他們跟那位軍人坐的是不同車廂，所以他現在不在少年身邊。少年跟被鐵灰色軍服的聯邦軍人催促「請快點下車，快點移動」而顯得略有微詞的共和國軍人一起往前走。列車轉眼間清空之後，聯邦軍人很快地檢查了一下內部，隨即動作俐落地移至切換式軌道。只有司機下車，移動到返回共和國的鐵路。位於對面月台的前一班列車再次急速駛向共和國。

走出採用大量彩繪玻璃，有如聖堂的火車站，就看到迎接難民的運輸卡車整排停在總站前的廣場。只是數量似乎不夠多，有個集團看起來像是前一班車的難民，還在鋪石廣場上逗留。美麗廣場與延伸出去的大街上，成排栽植的行道樹修剪得漂漂亮亮，只是現在居民已去避難，街上空無一人。

但少年發現映入眼簾的樹木看似經過修剪，其實全是人造雕塑，使他倒抽了一口氣。豎立於廣場中央的大樹，原來是白金色金屬的樹幹與無數玻璃葉片組成的紀念碑。每片樹葉都流淌著差異幽微的色彩，反射秋日午後的斜照金光，玄妙地散發萬花筒般的彩光。同樣的樹木也作為行道樹林立於大街上，永不褪色的無數「落葉」緊密地鑲嵌於鋪地石上。看起來像是果實的物體，原來是此刻未點亮的路燈。打磨成果實形狀的磨砂玻璃淡淡地彈開太陽的光芒。

這是用來迎接外國訪客的城市，是為了展現舊帝國的威望而設計的都市。少年有點畏懼這種威懾性的奢華，東張西望地走到廣場上時……

「啊，找到你了。你先跟我來。」

有人輕快地牽起他的手，把他帶離隊伍。

抬頭一看，是一位年紀尚輕的聯邦軍人。這人身穿鐵灰色軍服，有著金茶色頭髮與翡翠般的雙眸，年齡比他大個幾歲。

看到他連連眨眼，軍人揚起沒牽著他的另一隻手。那隻左手不知為何少了手掌，袖口摺起來固定住。

「嗨，好像兩個月沒見了喔。」

「……大哥哥……」

正是那個雖然只有三言兩語，但跟他聊過在第八十六區捐軀的父親的那個八六少年。

少年叫他相信他爸爸，說他爸爸做了正確的事。

對他說了除了母親以外，誰也不肯對他說的話。就是這個少年，讓他終於能夠相信父親。

他愣愣地抬頭看著，「啊！」然後忽然反應過來。該不會……

果不其然，對方點頭了。

「我也覺得這樣有點耍詐，但應該不為過吧。我之前的上司接到了一大堆要求，作為其中一項回報，就請人把你安插進來了。」

「所以，我才能搭到這班車……」

「對啊。」

賽歐點點頭，對這個過去曾經與他並肩作戰，後來把笑臉狐狸的個人標誌遺留給他的戰隊長死後留下的遺孤男孩笑了笑。

「歡迎來到聯邦……放心，沒事了。」

†

在鐵幕外，第一機甲群本部人員宿營——以帳篷組成的簡易式指揮所，蕾娜重新檢查一遍撤退計畫。

她把來時路上先請辛確認過的「軍團」全部隊資料套用到地圖上，比對事前擬定的撤退計畫檢查有無缺失。為了讓廣範圍散開足足四百公里的機動打擊群數千架「女武神」井井有條並毫無延遲地撤退，身為指揮官必須訂立完善計畫，督導執行過程。

從四個機甲群、數十個大隊到多達數百的戰隊，撤退的順序與每個部隊該走的路線、警戒待機時的負責戰區以及整備、補給甚至是休息的順序，都必須事先制定並告知各隊人員。

作戰計畫本身早在作戰開始之前，還沒從總部軍械庫基地出發就已先行告知各大隊與各戰隊，然而敵軍戰力的散開方式跟避難進度等狀況瞬息萬變，作戰計畫必須隨時依照這些變化做修改。這次是四個群聯合作戰，身為第一機甲群作戰指揮官的蕾娜，還得與第二到第四機甲群和她階級相當的作戰指揮官進行情報的水平擴展與調整。

不過在辛的異能幫助下要知悉敵情不算太難，這份職務算是比較輕鬆。那些發動攻勢的「軍團」之後直接緊盯各國戰線，留在支配區域內的敵機似乎不多。

她不認為這是一種幸運。

只有共和國的損害情形輕微得奇怪。共和國在倖存的各國當中，士兵人數與戰鬥經驗恐怕都是墊底，不知為何在第二次大規模攻勢當中受到的損害卻最少。

就像維克與葛蕾蒂都說過的，狀況很不合常理。

就算是中了誘敵戰術好了，他們也沒遭受到任何攻擊。其中必定有著某種企圖，必須有所提防——

馬塞爾回來了，鑽過帳篷的入口。

一副遇到了煩人的問題，厭倦至極的神情。

「蕾娜，還是跟妳說一聲……現在正在撤退的那些軍人當中，有人要求我們給予特別待遇，偷偷用聯邦的運輸卡車代運行李。人家要我姑且來問問看，有沒有人需要給他圖個方便。」

馬塞爾嘿咻一聲抱起好像是暫時擺在外頭的瓦楞紙箱，讓蕾娜看見。

又是堆積如山的陳情書信。

沒有人知道蕾娜在這裡，所以大概是寄給理查或他底下的幕僚吧。

「……請把署名唸出來。」

蕾娜視線轉回地圖上說道，馬塞爾也不介意，語氣平板地唸出一大串名字。

蕾娜聽完微微一笑。

「少尉，很遺憾，這些書信全在撤退的混亂狀況下搞丟了。」

馬塞爾一聽就懂，咧嘴一笑。

「我想也是，收到。」

正好這時細心體貼的菲多拿了個空鐵桶過來，馬塞爾把整箱書信往裡面倒。想舉辦營火晚會需要用火，他們就逕自離開了。

目送他們離去，蕾娜嘆一口氣。真受不了。

「在聯邦跟聯合王國，都不用浪費這些時間……」

為什麼一到共和國就是這副德性？

真是受夠了，好想早點回去。

她厭煩地如此心想，隨即眨了眨眼睛……回去？

她極其自然地產生了這種想法。而且一有了自覺，這種想法便毫不突兀地落在心底。

……噢，原來是這樣啊。

呵。她獨自露出淺淺微笑。

「……對啊，我得回去才行。」

她已經有了歸宿。

而且不是她出生長大的共和國。

這次換成了西汀，在帳篷入口露臉。

「女王陛下～～列車剛走，我們讓手邊有空的『清道夫』把路圍起來了，快趁下一班車過來之前離開吧。差不多該吃晚飯嘍。」

蕾娜頓時停下手邊的工作。這是為期三天的作戰，指揮官與士兵都會輪班進行補給與休息，蕾娜今天的休息時間則是從傍晚開始，只是……

「已經這麼晚了？」

接著作戰參謀也來了。他現在要跟蕾娜換班，交接她休息時的指揮職務。

「就是這麼晚了，米利傑上校……換班時間到了，請將指揮權移交給我。」

離晚霞滿天的時刻還早，秋天的太陽卻已傾斜，在金色光線灑落下，由西汀指揮的新布里希嘉曼戰隊、蕾娜等部分本部人員與先鋒戰隊進入休息時間，吃一頓較早的晚餐。

時間表如此安排，是為了讓擁有廣範圍索敵異能的辛在易於遇襲的夜間負責警戒任務。目前「軍團」依然沒有任何襲擊徵兆，有多餘心力生火，因此他們沒用上軍用口糧的發熱包，西汀與新進戰隊隊員們全都圍著附屬的簡易火爐坐成一圈。

第一機甲群的負責區域為鐵幕到聯邦三百公里外地點——巨蟹宮統制線之間的九十公里範圍。冬青市總站附近的警戒任務按照當初預定，交給派遣軍的留置部隊，他們現在待在鐵幕外本部中隊的宿營。西汀巧妙地讓蕾娜藏在「清道夫」形成的暗處，一面感受著逐漸西斜的陽光與秋風，一面遠望仍舊繼續來回的避難列車與運輸卡車。

共和國人那邊看來尉官也已經避難完成，似乎輪到了士官、士兵與他們的家眷。身穿深藍軍服的士兵躲在貨物列車上不用露臉好像就有恃無恐了，在那裡邊走邊怨東怨西，幾名戰隊隊員比出下流的手勢回應，儘管比了也沒人看得到。學不乖而帶來的小豬布偶已被托爾用「女武神」的砲身處以絞刑。

軍用口糧的二十二種菜色在不久之前做過調整，有幾種連西汀等人都還沒吃過。不知該說是運氣好還是不好，可蕾娜抽到其中一種，讓她看得愣住。

「豆腐味噌湯是什麼東西？」

「……應該說，這已經不是湯了吧……？或許應該叫作味噌煮？」

附帶一提，軍用口糧如果是當成主菜的種類，就算名稱叫某種湯也都幾乎是乾的。

「是湯還是煮都好，總之到底是什麼？」

菲多到處繞來繞去收走積層袋等垃圾；在準備吃飯之前被大夥兒潑過水的達斯汀與辛換好衣服，回來加入圈子。

達斯汀那包軍用口糧是坐在旁邊的安琪給的，但辛那包不知為何是萊登給的，讓西汀有點敬謝不敏。你是他老婆啊？

還有，來不及拿給他的蕾娜別在那裡鬧彆扭，快去坐他旁邊就對了。

辛拿起辣醬狂倒，把奶油燉肉丸弄得活像番茄燉肉丸，被看不下去的萊登阻止。就說了，你是他老婆嗎？

看到蕾娜終於走去他身邊，西汀聳聳肩心想「真是恩愛」。也好。

「……省得把心思放在共和國上。」

反正已經拿水狠狠潑過辛了，西汀心情好得很。

從滿陽麾下第三大隊布陣的金牛宮統制線附近，只能看到鐵幕的一點頂端。

為了按照規定時間與執行警戒任務的部隊換班，滿陽與呂卡翁戰隊正在替他們的座機與自己進行補給。小隊四人圍坐在生起火的簡易火爐旁，滿陽吃著軍用口糧的幾種麵包當中最受歡迎的水果蛋糕，忽然問到：

「對了，這樣洗衣精是不是就全跑光了？」

†

深更半夜。

就快到「起床時間」了，蕾娜獨自從簡易床鋪上起身，走出帳篷搭成的宿營。

從本部中隊的宿營可以看到過去隔離了戰場與內部地區的要塞群，也能勉強從半毀的縫隙遠遠望見冬青市總站的避難情形。

軍人們已在入夜時全數避難完成，總算輪到國民了。此時時刻即將來到第二天，亂哄哄的擁擠人群呈現出各種服裝的雜亂色彩。

就蕾娜所看到的，目前幸運地沒發生什麼太大狀況，避難行動一切按照計畫進行。

「想不到避難計畫會進行得這麼順利。」

『是嗎？那就好。我們這邊倒是好像立刻就起爭執了喔。不只是先一步入國而心情悠哉的軍人與才剛下車火氣大得很的國民起衝突，他們好像對聯邦軍也多得是怨言。像是軍方準備的避難區域離戰場太近，他們會害怕之類的。』

在知覺同步的另一頭，待在軍械庫基地待命的阿涅塔回答她。

蕾娜微微偏頭。阿涅塔既然待在總部基地待命，當然看不到遠方避難區域的狀況。況且軍隊也不會向不相關的基地傳達這些不重要的情報。

「這種事情，妳聽誰說的？」

『賽歐說的。他說避難地點的事務工作人手不足，抓他去幫忙。妳還記得吧，他不是說過想讓一位戰友的小孩優先避難嗎？於是上頭就說應該由他去迎接人家，順道過來幫忙幹活。』

「對喔……可是他們說離戰場太近？共和國國民的避難區域明明跟戰場離了幾十公里……」

聯邦當然會先以本國國民的安全為優先，共和國國民的收容區才會位於國內與戰鬥屬地的界線附近。但比起實質上被視為預備役的戰鬥屬地民的避難區域，還是比較靠近安全地帶。

這跟人道觀點或對戰鬥屬地民的偏見等等無關，純粹只是因為未受訓練的非戰鬥人員誤闖戰場會妨礙到所有軍事行動。

『是這樣沒錯，只是目前聯邦西部戰線正在進行全天候作戰，特別是夜間戰鬥的亮光不管隔多遠都看得到啊。他們好像就是被那個嚇到。如果是在大規模攻勢之前，說不定就不會怕了。』

戰鬥也是，「軍團」也是，就連自己可能遭受鋼鐵亡靈蹂躪的可能性也是，這些早就不覺得自己在打仗的共和國國民在大規模攻勢之前本來是都不怕的。

『妳那邊沒受影響嗎？那邊才是已經等於入夜了吧，兵力也沒我們這邊多，滿街都是「女武神」應該會讓那些國民更害怕，軍人又第一個逃之夭夭，我還以為會引發混亂場面呢。』

「這個嘛……」

話說到一半，蕾娜透過鐵幕的隙縫遠望數公里外的冬青市總站。

在秋日那傾落般的滿天繁星與冰涼但清澄的夜晚空氣中，傳來的人群騷動儘管顯得緊張不安，但沒聽見怒吼或叫罵等聲音。

「好像還是沒有喔。雖然大家似乎相當不安，偶爾也會發生小衝突，整體來說還是都有按照指示避難。我本來以為民眾對避難行動會更排斥……比如說要避難可以，但你得先低頭拜託我，或是堅稱國民無論何時都得捍衛自己的權利之類，就像大規模攻勢的時候那樣。」

為了因應夜間避難行動，總站前廣場準備了夠多燈具，還算明亮。遠處負責警戒任務的「破壞之杖」的剪影看上去十分堅強可靠，再加上這附近地區自從開始避難以來，還沒跟「軍團」交戰過一次。明明是為了逃離戰火而避難，在這星月交輝的寧靜清夜甚至感覺不到一點硝煙味。

即使如此……

「本來以為會有很多人抱怨抗議……仔細想想，會講那種話的人早就死在大規模攻勢了。」

共和國當初是以武力革命打垮王侯貴族，因此為了預防軍事力量引發政變，軍方的權限比其他國家更為受限。沒有戒嚴令的相關規定就是一例。無論在任何狀況下，軍方都無法停止憲法的施行，所以軍人絕對無法侵害一般民眾的自由。

有些人仗著這項規定，在大規模攻勢時拒絕避難。

他們都死了。

軍方與蕾娜都沒有多餘心力去三催四請，八六更是根本無意叫他們去避難，於是那些不肯逃命的人就被直接捨棄在戰場上。

『經妳這麼一說，的確是耶。那些人不管是驚慌失措地呆站原地還是到處逃竄，到最後都死掉了，所以現在活下來的都是叫他們逃命就會多少用點腦子，逃往還算安全的地方的那種人。這次聽到有人要救他們逃走，當然照樣閉嘴聽話了。』

只不過就算乖乖逃走，會死的時候還是會死。

在大規模攻勢當中，人命犧牲就是如此地不分對象——律平等。

生前的思維或行動只能帶來誤差程度的影響。

至少「軍團」從來就不會去考慮自己準備捏爛的犧牲者的腦袋裡在想什麼，或是之前有過哪些作為。

『只是呢，本來以為很可能扯那種歪理惹事生非的——記得是叫洗衣精？那些人竟然不吵不鬧，的確是讓人很意外。』

「是呀。我與維契爾上校還有辛，原本都在提防這件事。」

結果實際上他們什麼也沒做，讓人白操心一場。

以前那些集會口號還有懸掛標語什麼的，這次都沒用來迎接機動打擊群。

聽葛蕾蒂的說法是，在這第二次大規模攻勢當中，政府把全體國民避難這場大災難的責任全部推到他們頭上……導致他們政治失勢。

只是，蕾娜在政府高官搭乘的第一班避難列車當中，看到了曾為那些人的領袖的普呂貝爾女士。

與莎奇同乘「女巫貓」的蕾娜也看到了那個眼神。

惱怒怨恨地瞪著錯身而過的「女武神」們。

感覺她的嘴唇似乎喃喃說著：「你們竟敢……」

「……為防萬一，妳還是再提醒一遍避難區域的管理人員吧。」

『收到。我會跟賽歐講一聲，當然也會透過正規途徑叮嚀大家。先從研究班長開始好了。』

「拜託妳嘍。」

『嗯，妳那邊也要繼續提高警覺喔。』

知覺同步就此中斷。

「呼……」蕾娜喘一口氣。

「——從起床預定時間到現在，才十五分鐘不是嗎？」

踩踏雜草的細微足音靠近過來，蕾娜回頭一看，是辛。

他用一種既像為難又像責怪的眼神看著這位比起床預定時間起得更早，還偷溜出宿營的指揮官閣下。

「自然而然就醒了。而且我只是早了半小時起床而已，辛。再說，你才是……」

「我就寢時間比妳早一點。」

在這次作戰的三天期間，辛原則上不參與戰鬥，只負責感應「軍團」的動靜。

為了守住救援派遣軍的退路，機動打擊群等人的戰鬥部隊無法退後到太遠的距離。此外，為了不至於減弱「女武神」的機動力，機動打擊群在這次作戰當中的基本戰術不是被動等待「軍團」攻擊，而是一感應到支配區域內零星分布的敵軍部隊任何發動攻勢的徵兆，就立刻前進加以擊潰，以防敵軍展開聯合或會合行動。

為此，他們必須讓辛負責這整個支配區域的廣範圍索敵任務。

可能是顧慮到辛足足三天留在「軍團」支配區域內，長時間暴露在它們的悲嘆之下的負擔，萊登等人說：「目前狀況應該可以讓你好好睡一覺，所以快趁現在去睡覺，廢話少說，叫你睡你就睡。」把他扔掉了簡易床鋪上。

「就算撇開這點，還是請妳不要獨自在戰場上走動。附近的『軍團』集團目前沒有任何行動跡象，我是認為不會立刻進入戰鬥——……」

話講到一半，赤紅眼瞳忽地朝向蕾娜的背後。

「……妳是來看鐵幕的嗎？」

「嗯，因為可能是看最後一次了。」

辛稍作思考，然後說：

「我想妳可能是覺得現在正在作戰，所以不方便……但是，如果妳心裡不好過……」

蕾娜淡然地帶著些微痛苦微笑了。

「謝謝……這樣啊，那就請讓我稍微撒個嬌。」

菲多可能是出於他（？）個人的體貼舉動，悄悄走過來用側腹部對著蕾娜；蕾娜將它當成長椅坐下，拍拍身邊的位置要辛過來一起坐。感覺到略高的體溫來到身旁，蕾娜把頭放在他的肩膀上靠著他。

辛貼心地什麼也沒說。

所以，蕾娜也什麼都不說。

比自己略高一點的體溫卻與自己的體溫互相交融，到了彼此的界線融合得曖昧不明時，她輕聲說了：

「——我本來還有打算回來的。」

辛什麼也沒說。

她宣洩般繼續說道。

為了用身旁的他的體溫融化感傷與痛楚，讓它們暫時消失。

為了讓自己能夠撐到作戰結束，撐到返回聯邦。

「我一點都不好，我很傷心。因為我本來是打算要回來的。我在抵達聯邦時，想都沒想過它會不復存在。雖然母親大人已經走了，房子也沒了……但等戰爭結束後，我本來打算有一天，還是要回來的。」

「……是啊。」

辛讓她靠著，點頭回答。紅眼睛轉向鐵幕的對面，某個迢迢遠方的夜空。

「我這樣說，聽起來也許只像是安慰話或一時的寬慰……但我們以後可以再過來。下次，妳跟我們大家一起。」

蕾娜抬起頭，只見辛仰望著遙遠的夜空。

仰望過去她曾經希望能夠一同欣賞的第一區迢遙的夜空。

「不是說好大家一起看革命祭月光宮的煙火嗎？那個約定，還沒有實現。」

雖然不知道要等上多久。

即使不知道要等上多久。

「我們去看南方的大海吧。這次，一定要看到船團國群的夜光蟲海景，還有聯合王國的鑽石塵與極光。」

見識白總女神統治的華麗冬景。

欣賞盟約同盟的群山、湖泊、大靈峰寒冰不化的雄偉景觀。

去看極西地境各國陌生的和平街景；翻越龍巢，去看未曾探訪的南方諸國；去看位於戰場另一頭的整個世界。

兩人一起。

大家一起。

蕾娜總算破顏而笑了。

「……嗯，我們說好的。」

早在兩年以前，從彼此素未謀面的時候就說好了。

「別擔心，我也還沒放棄。對──總有一天一定要來看，一定。」

「這樣的話，或許該說成回來比較好。以前凱耶說過，一件事如果說出口就會應驗。」

「原來是這樣啊。那就──……」

她撐起身子，從菲多身上下來，立正面對鐵幕。

作為誓言，化為言語。

面對「那時」反而是背對著的要塞群。

「我，一定會回來。回到這裡，回到與你──與辛初次相遇的地方。」

出現了一段奇怪的沉默。

抬頭一看，發現辛露出一副「對耶」的神情。

「──你忘記了！虧我還以為你是記得才會過來找我！」

「不是──我沒有忘，只是跟那時候開的花不一樣，我沒認出來……」

「好過分！」

蕾娜故意鼓起臉頰，辛的神情立刻變得焦急到好笑的地步。

蕾娜終於忍不住笑了出來，辛這才發現自己被捉弄了，便皺起眉頭。

「……妳也太壞心了吧？」

「這才不算壞心呢！」

菲多也像是要幫辛助陣似的，發出了帶有抗議味道的「嗶」一聲電子音效。

†

根據直接看見避難情形的第一機甲群報告指出，共和國國民的避難似乎進展順利。

這點即使是看不到鐵幕也看不到聯邦戰線，正好被安排在過去的第八十六區附近散開的梅霖與第二機甲群也推測得出來。以多達幾十節車廂組成的長蛇般的列車，已經有數不清的班次駛過他們站在前面保護的高速鐵路雙軌鐵道，前往聯邦，也有同樣數量的班次返回共和國。梅霖與他統率的處理終端都遠遠望見了這個場面，當然能由此推知避難的情形。

從避難開始至今已過了十八小時，剩下時間為五十四小時，這表示作戰預定時間已經過了四分之一。

再加上避難過程順利，進度應該也差不多在百分之二十五。

先不論這點。

「——這附近沒有地方可以躲藏，所以是不得已，但是竟然要再次『進來』這裡，感覺實在是滿討厭的呢。」

在他的座機「波丹德斯」裡，梅霖之所以小聲嘀咕了這一句，是因為「波丹德斯」與他的戰隊現在潛藏的地點正是八六的強制收容所遺址。

跟梅霖待過的南部強制收容所一樣，就是用無謂地堅固的鐵絲網與粗糙營房組成的設施群。分明已經許久無人逗留，過去由於飢餓過度，連雜草都吃得一根不剩的泥土地面直到現在還是寸草不生；可能是不想被人追著殺來吃掉，連一頭鹿或一隻兔子都不會闖進來。景色是如此令人眼熟，而藏在記憶底層的荒涼與肅殺之氣是如此不堪回想。

只有嚴密埋設於設施周圍以防八六逃兵的反人員地雷，在去年的大規模攻勢被一個不剩地挖出來，不復存在，擋不了梅霖他們的來來去去，有種濃濃的諷刺味道。

這裡是由梅霖指揮的第二機甲群的負責區域，聯邦三百公里外的巨蟹宮統制線與二百一十公里外天秤宮統制線之間的一個角落，亦即保衛高速鐵路與撤退路線的防衛線最外側的警戒線。辛的異能可以精確察知聯邦與共和國之間所有「軍團」的數量與位置，但視情況而定，有時會被趁機搶先。由「女武神」分散各處進行戒備仍然不可或缺。

另一方面，也是因為這次為期三天的撤退作戰如果全依賴辛一個人，對他造成的負擔太大。

在第四機甲群的負責區域，從離聯邦最近的人馬宮到雙魚宮統制線之間同樣建構起防衛線的翠雨，透過從未斷線的知覺同步回應他的玩笑話：

『你的意思是怕鬧鬼嗎？不過也是，在強制收容所不管出現什麼都不奇怪嘛。』

梅霖用鼻子哼了一聲。

「還鬧鬼呢，不怕諾贊取笑妳。少來講我，妳躲藏的地點不是舊帝國的農場遺址嗎？要是牛

妖豬妖跑出來我可不管。」

『明明是梅霖你在取笑我，再說無論是以前的「破壞神」還是現在的「報喪女妖」，應該都不至於輸給幾隻動物啦。』

共和國以農業與畜牧業為主要產業，平坦的國土地勢除了零星分布幾座森林與都市，就只有整片廣大的田園、牧場與草地，很多地方即使是機體不大的機甲也不易潛伏。梅霖明白這個地點很容易被「軍團」視為潛伏場所，但覺得總比在開闊地形暴露行蹤來得好，就讓自己的座機躲藏在收容所遺址。翠雨匿伏於地勢相同的舊帝國西部國境附近，情況似乎也差不多。

附帶一提，「報喪女妖」是翠雨的個人代號，也是她的「女武神」的呼號（Call sign）。

「以前的『破壞神』別說戰車型（獅子），連近距獵兵型（野狼）也打不贏不是？」

『我們是好運才能活下來，真不曉得共和國怎麼會以為那種東西能打贏「軍團」……』

兩人帶著苦笑交談幾句，然後不約而同地再把意識轉回警戒任務。在這晴朗無月的秋日良夜，清澄的星辰暗影落在幽昧的廢墟之中。

待在「女武神」保持氣密性的密閉駕駛艙內不可能感覺得到，不過在這萬籟俱寂的深夜，四下一定充滿了令人心曠神怡、澄澈清冽的夜晚空氣。

他在遺骸般的廢墟暗處，讓宛若無頭骷髏的「女武神」蹲伏於地，自己定睛注視這星暗之夜時，無意間感到有種難以忘懷的苦澀攪亂心底的平靜。

鬧鬼，是吧？

他幽幽地想，也許真的會有鬼魂出現。

也許會出現被關在這裡，到死都出不去的八六亡靈。只是並非作為同胞，而是化身為怨恨他們這些倖存者的惡靈。

因為，他沒有救其他人。

在過去的強制收容所，試著逃兵的人都被槍殺或是被反人員地雷炸斷腿，甚至還有人被士兵們開惡劣玩笑或處以私刑，扔進地雷區的正中央。

他還記得，一個年幼的小女孩夾在兄弟被炸死的屍體之間動彈不得，嚇得不住抽泣。

他沒辦法救那個女孩。年幼的梅霖只能低垂雙眼以免被共和國士兵們盯上，當那個女孩力盡倒地而被炸飛時，梅霖還是一樣救不了她，只能渾身發抖地當個旁觀者。

比她更小的孩子後來都被士兵賣到牆內賺外快，最後一個也不剩。到後來他們被丟上戰場時，也總是有風聲說哪個戰隊的女生隊員被盯上，賣給了第一區的有錢人，或是聽說哪個收容所因為流行惡疾而被丟著不管，最後全數餓死，甚至還聽說某座收容所正在祕密進行人類獵捕遊戲跟人體實驗等等。

關於人體實驗似乎不是空穴來風，在收容所內布陣的同袍不久之前報告過在那裡發現了滿是籠子與手術台的異常設施。同袍用一種噁心欲嘔的聲音說，看起來直到一年前——大規模攻勢爆發前都還有人使用。

就這樣被殺害的眾多八六假如真的化作幽魂，被留在這座收容所裡……

而且至今仍然被關在這裡的話——應該會做鬼來找他們吧。來找存活下來的梅霖等人；來找對他們見死不救，自己卻存活下來的梅霖等人。質疑梅霖等人為何現在又為了保護共和國的白豬而站上這個戰場，對他們發洩憎恨狂暴的怒火。

「……他們要是願意出來，我反而高興呢。」

『？梅霖，你有說什麼嗎？』

「沒有——……」

翠雨耳尖地對細微的喃喃自語做出反應，但梅霖搖搖頭否定。他正想接著說「沒什麼」的時候……

『送葬者呼叫各位隊員。』

聽到辛新加入了知覺同步對象，梅霖即刻帶著刺人的緊張感切換意識。從警戒中保持緊張但同時為了長時間維持緊張感與開闊視野，不忘保有餘力的意識，切換到繃緊神經的戰鬥用緊迫氣氛。

『於基準點聯邦西部戰線·軍隊出發（黃道帶）地點西北方一百五十公里處，偵測到「軍團」的戰鬥啟動跡象——不是部隊，是單獨一機。推測為未經確認的電磁加速砲型。為了提防對機動打擊群的砲擊，請各機與各戰隊即刻散開。』

八〇〇毫米砲重達數噸的砲彈，憑「女武神」的八八毫米砲實在不可能擊落。

聽到辛命令眾人專心於減輕損害，梅霖即使知道應當如此，仍然忍不住想咂嘴。

「！……收到。」

『可以推測敵機將與周圍敵方機甲部隊展開聯手行動。一有動靜，我會通知各位，但也請警戒部隊各自留意——另外關於電磁加速砲型，我已請聯邦軍特務砲兵進行排除。我們這邊無須考慮反擊。』

†

『——收到。第八特務砲兵聯隊，準備開始砲擊。』

聯邦西部戰線，森蒂斯・希崔斯防衛線以東二十公里處。

從水泥隧道之中，那隻巨鳥拖著一大串東西，爬上軍方徵用的鐵路軌道。

代替纖瘦的雙腿，無數車輪伴隨著金屬擠壓的叫聲與強行驅動超大重量的低吼滾動。粗獷金屬暴露在外的鐵灰色底盤取代了翡翠般青綠色的胴體。左右張開的並非優美羽翼，而是代替工程趕不上的複線鐵路，用以承受射擊後座力的兩對後座力吸收用鏟形元件（spade）；尖銳如長槍的磁軌砲砲身宛若美麗的長條尾羽。

總高度十二公尺，重達三千噸。與去年正好也在秋季一度威脅聯邦——當時確定倖存的人類所有勢力範圍的電磁加速砲型相同，都是搭載磁軌砲的列車砲。

它是一個月前投入戰線的試製磁軌砲「黑天鵝」的大口徑磁軌砲後繼機。包括「黑天鵝」在內，作為對抗電磁加速砲型的手段，聯邦策劃並開發磁軌砲已久。也就是說，此種機型「最低限度」被要求達到能夠一擊癱瘓重量一千四百噸的敵機的強大威力，以及足足超過四百公里的長射程。

雖說必然無法達到電磁加速砲型的水準，但它的最終目標依然是以超高速射出大型砲彈的巨砲，由於體型龐大，難以轉換陣地自然成了運用上的一項課題。考慮到作為聯邦軍武本該以捍衛國土為最優先用途，最後軍方採用的解決方案是運用遍及國內各地，而且原本就是以大量運輸為目的的鐵道路網。

就這樣諷刺地仿效電磁加速砲型這個假想敵，聯邦開發的磁軌砲原本就預定成為搭載磁軌砲的列車砲，而試製機之一就是「黑天鵝」。最初——比預定日程提前許多，而且勢不得已——投入的戰場因為是千里迢遙的聖教國，才會勉強裝上雙腿等零件讓它一路走過去，其實現在這座列車砲才是它本來該有的外型。

縱然它同樣是隨著戰場後撤，被迫緊急施工投入實戰的趕造式樣列車砲。

鏈形元件固定，砲彈裝入砲膛。輸入機動打擊群傳送的敵機座標——確定在指揮下完成所有砲擊準備的砲兵們已經退入半地下戰壕，聯隊長高聲吆喝——要運用列車砲這樣的巨砲，僅僅一門就需要聯隊規模的人員。

強化水泥建造的退避壕用來讓人員撐過射擊時的強烈衝擊波，以及安慰性地躲避敵軍磁軌砲的砲擊。聯隊長看著把手放在有線遠程發射裝置上，面色緊張地抬頭看著自己的射控官，輕輕點了個頭。

「『黑天鵝』改良型——『鬥神孔雀』，開始砲擊！」

†

儘管「軍團」以阻電擾亂型與對空砲兵型（Stachelschwein）奪走制空權已久，電磁加速砲型作為寶貴的戰略武器，仍然配備了對空機槍與廣域雷達以備因應巡弋飛彈或無人航空器的自殺攻擊。

『——雷達產生反應。』

準星對準預定的射擊目標，電磁加速砲型抬起三十公尺的粗長砲身，僅一瞬間將注意力轉向雷達發出的警告。

這是一架被人類稱為「牧羊人」，吸收了戰死者腦組織而獲得智慧的「軍團」。如同其他的多數「牧羊人」，這架亡靈軍隊的指揮官機體內蘊藏了共和國第八十六區戰死者的記憶與人格。

完整保留生前記憶與人格的同時，也接受了殺戮機器的本能，早已瘋狂得判若兩人的「他」——代號「尼德霍格」，這時仍舊憑著殺戮機器的冷血透徹，判斷瞄準自己的敵機能造成多大威脅。

推測射擊位置為西南方兩百公里處——彈速很快，推測為磁軌砲。不過……

『判斷結果為無須閃避。』

廣域雷達捕捉到的彈道不在貫穿「尼德霍格」的軌道上。砲彈將會直接打偏，擦不到它分毫。無須躲避——射擊無須中斷。

『繼續執行射擊程序。』

†

聯邦用以對付電磁加速砲型，正在開發中的大口徑磁軌砲仍然處於試製階段。

他們於一個半月前挪用實驗設施層級的試製品，以「黑天鵝」為呼號投入野戰。在戰鬥中獲得的各種資料，特別是必須修正的缺點立刻得到反饋，人員已經開始設計並製造下一架試製機，但短短一個月不可能解決所有缺點。動作緩慢的自動裝彈機與尚未完成的射控系統[FCS]，一樣還是動作緩慢與尚未完成。

即使如此，如今電磁加速砲型與它的改良型已被確認投入戰線，加上聯邦所有戰線後撤造成難以使用地面戰力進行反擊，無論如何都需要將射程與敵方磁軌砲旗鼓相當的超長距離砲投入實戰，以癱瘓其行動能力。然而時間終究過於緊湊，自動裝彈機與射控系統都來不及完成。

就在由於睡眠不足外加心急如焚而陷入僵局的先技研會議室，某一天，其中一人想到只要換個角度思考就能讓問題迎刃而解。

重點在於癱瘓敵方火砲。「黑天鵝」最起碼能夠轟擊並摧毀數百公里外的敵機。既然這樣，其實不一定非得完成什麼裝彈機或射控系統。

所以簡單一句話，打得中就夠了。

「初彈發射成功——『接著準備第二發』、『第三發』！」

「鬥神孔雀」的自動裝彈機尚未完成。手動裝彈需要的人力大到沒有議論價值，即使用上機械吊臂也還是需要花費龐大時間與注意力。

本來應該是這樣的，但聯隊長卻大聲指示進行連續砲擊。砲兵們也毫不質疑，甚至不在乎初彈命中與否，直接重新輸入經過小幅調整的準星操作砲身角度。

沒錯，不用管那麼多。這玩意兒——「鬥神孔雀」就是「那種」火砲。

「打從一開始」就沒期望它能夠百發百中。

「收到。『鬥神孔雀』，準備第二發、第三發砲擊！」

轟的一聲，成對的磁軌砲「群」細微擺動。

不是結束砲擊而在高溫下熱流晃蕩的第一對砲身，是與它們相連的多對磁軌砲——在四線鐵路上，三千餘噸鋼鐵威儀巍然聳立的改良型試製磁軌砲搭載列車砲「鬥神孔雀」，將多達十三對的粗長砲管如背鰭般一字排開，朝向天際。

如果命中精度太低，用數量彌補即可。

如果裝彈速度太慢，事先準備已裝彈的多數火砲即可。

「鬥神孔雀(Kampf pfau)」。

帶著一連串如孔雀美麗尾羽的砲身，發揮孔雀啄殺毒蛇的悍戾性子咬破敵砲。這種由於勇猛好戰而在遙遠異國被奉為屠戮惡龍之武神的孔雀，如今成了聯邦的守護神之名。

「二號砲，接著是三號砲——轟擊！」

†

沉著地忽視迫近的敵軍砲彈，電磁加速砲型繼續準備進行砲擊。開展散熱翅片。流體金屬滲出，填滿形似長槍的一對砲身之間。機體採取了宛如毒蛇抬頭的射擊姿勢。

『尼德霍格呼叫廣域網路。準備開始射——……』

剎那間。

雷達偵測到與方才的敵方砲擊彈速相同，但各自按照僅有些微差距的軌道迫近的大量砲彈。

『…………！』

其中一個預測彈道的飛行軌道顯示警告。催促躲避的警報竄遍電磁加速砲型以流體奈米機械組成的神經系統，但是已經無從躲避了。

因為如果躲避，就會讓己身暴露在其他彈道上。

所以……

『尼德霍格——繼續進行射擊。』

戰鬥機器的本能不畏懼自己的損壞，徹頭徹尾只是冷血透徹地——以完成作戰目標為優先。

藍色閃電劃過砲身。最初偵測到的敵方砲彈終於落地。

第一發如同預測，飛往完全錯誤的方向，炸飛了毫不相關的山丘與稀疏樹木。

但是隨即來了第二發、第三發與第四發。無導引超長距離射擊具有廣大的圓機率誤差，但也因為圓機率誤差較大，會在瞄準的座標四周——電磁加速砲型的四周，簡直有如牢籠地分散著從天而降。

第二發打斷的四線鐵軌被炸飛，直接擊中一門對空機砲。

第三發擦過砲身的鼻尖，插進後方的地面穿出一個大洞。

第四發徹底打偏，飛往群聚的發電子機型（Edelfalter）正中央。

『射擊開——……』

最後——

第五發超高速砲彈恰似英雄擲出的長槍，無情地刺穿了巨龍的側腹。

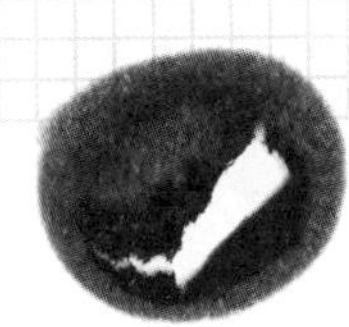

共和曆三六八年
八月二十六日「大規模攻勢」一天後　東部戰線第一戰區
「先鋒」隊舍淪陷後

Judgment Day.
The hatred runs
deeper.

[EIGHTY SIX]

At the Republican Calendar of 368.8.26.
One day has passed since the "First Great Offensive".
In the Eastern Front's First Ward.
Immediately after the fall of the "Spearhead's" barracks.

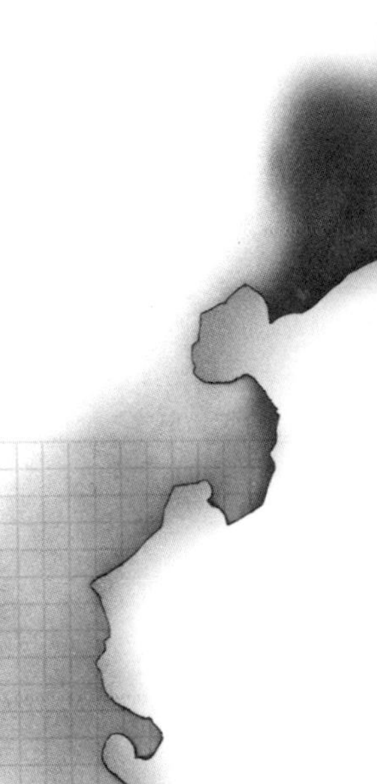

他發現四周安靜下來了。

在前線基地的機庫裡，再也聽不見任何聲音。沒有「軍團」的砲聲或槍聲，也沒有整備組員們應戰的聲響。

失血過多陷入一片迷霧的腦袋想著，瑞圖他們……他放走的那些年紀還小的處理終端們一定已經設法逃出去了。

——不知道他們幾個有沒有辦法活下去。

最起碼，希望他們能夠活下去。

至少他們這些在半年任期結束後注定一死，在第八十六區東部戰線作為最終處理場的先鋒戰隊的最後一批隊員，能夠活下來就好。

因為自己跟其他沒用的整備組員會在這裡結束生命。

因為他們向來只會呆站原地，坐視許多孩子一一死去，被臭鐵罐們以及他們的祖國殺害。他們除了在這裡引頸受戮，沒資格迎接其他死法。

昔日他送走的死神對他留下的話語，成了一點小小的救贖。

——沒有「軍團」在呼喚你。

所以妻女雖然不幸戰死，但最起碼並沒有被「軍團」帶走。

自己只要去了那個世界，就能見到她們。

那就好。

那樣就夠了。只要他深愛的她們沒有在死後繼續受困於這個戰場，只要自己死後前往那個世界，只要在被可恨的臭鐵罐們帶走之前先自我了結就能見到她們……

這樣，就夠了。

這樣，應該就要滿足了。

他抬頭看著站在眼前的「軍團」。

拿著勉強握在手裡的手槍，對著自己的腦袋。

無意間……

他竟然有了一個念頭。

深愛的妻女被人當成八六丟在戰場上，雖然沒有變成「軍團」，但終究是死了。

自己與其他人長久以來對八六少年兵見死不救，總算可以迎來應有的下場，但真要追究起來，難道只有自己這些人該背負這份罪孽嗎？

將他深愛的家人遺棄在戰場上的共和國……

長久以來把八六棄置於戰場上的共和國國民，卻照樣過他們的逍遙日子。

如果瑞圖他們能活下來，那些人搞不好還會繼續當寄生蟲苟延殘喘。
無法救人是一種罪過。
見死不救是一種罪過。
有罪，就該受罰。
既然這樣，共和國國民們的罪過也必須受罰。
家人受到的對待，必須血債血還——不對。

他想親手報仇雪恨。

手槍從失去力氣的手中滑落。
他抬頭看著「軍團」，低聲說了。
好不容易可以迎接死亡，卻不能去見妳們了。
枉費你給我答案，我卻辜負了你的好意。
「——真對不起。」

D-DAY PLUS ELEVEN.

At the Celestial year of 2150.10.12

DIES PASSIONIS

星曆二一五〇年　十月十二日

D+11日

Judgment Day. The hatred runs deeper.

The number is the land which isn't admitted in the country.
And they're also boys and girls from the land.

EIGHTY SIX

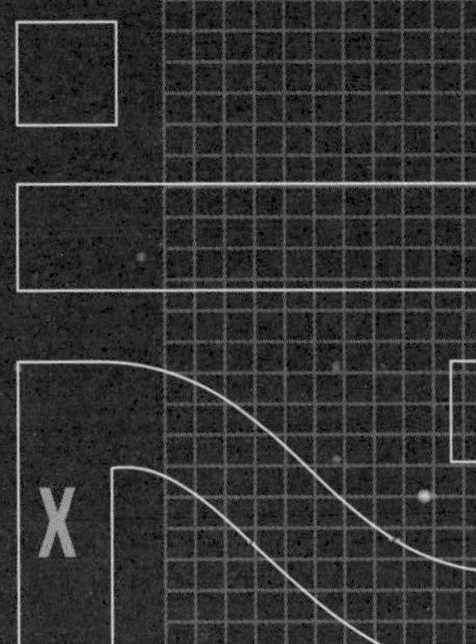

被擊穿的黑色裝甲深處，機械內臟被悽慘地撕裂，但是「軍團」沒有痛覺。所以它的身體不會再像生前臨死時那樣，感覺到任何痛苦。

『尼德霍格呼叫廣域網路。尼德霍格嚴重損毀，即將放棄機殼組件。』

從裝甲的裂縫，以及好似一對長槍的砲身間隙，銀色流體奈米機械滲出，變形成為無數的銀蝶。經過以高機動型進行的驗證，「牧羊人」如今也追加了把串織中央處理系統的流體奈米機械拆解成蝶群，嘗試逃往安全區域的永生化功能。

思維與仿造的腦神經從邊緣開始融為稀泥，逐漸曖昧不明地潰散瓦解，然而自稱「尼德霍格」的亡靈毫無懼意。被身為機械的「軍團」吸收，對於以人性而論瘋癲至極的它來說，等同於把大腦切碎細分的這項功能早就不足為懼。

最重要的是比起那時候——在那垂死之際，面對蜂擁而至的無數「軍團」，背對逐漸崩垮的鐵幕與防衛線迎接的死法……比起活生生遭到肢解，還具有思考能力的大腦被電磁波煮沸的痛苦，不過就是中央處理系統的分割與整合，根本不算什麼。

與他不惜忍受痛苦也要達成的「心願」得以實現的喜悅，根本無法相比。

那時他心如堅石地許下了願望。在那令人痛恨的鐵幕、共和國以及禁錮他已久的第八十六區的地獄逐漸傾崩的，北部戰線的戰場。

面對化身為鐵皮怪物，蜂擁而至的老戰友們的亡靈。

我已走到了盡頭。所以——「應該夠了吧」。

我已經咬牙撐到了現在，所以之後應該可以輪到我們了吧。

沙的一聲，成群銀蝶飛上繁星劃過天際的秋季暗空。

『另外，射擊排程已經完成——作戰名稱「聖女受難日」（Operation Dies passionis），進入第二階段。』

以闇色巨龍的身姿、無數銀蝶的姿態……同時不絕於耳地重複只有彼方死神能聽見的臨死遺言。

之後，就輪到我們了。

†

嘖！辛忍不住咂嘴。

「鬥神孔雀」看樣子是完成了它的職責。他的異能一如往常，聽見電磁加速砲型的悲嘆突然斷絕。

但是……

「敵機陷入沉默——但是，各機繼續提高戒備！敵機已完成第一發砲擊！」

發出的警告，讓知覺同步的另一頭頓時緊張氣氛高漲。

電磁加速砲型是已經擊毀了沒錯。問題是辛的異能確實在那前一刻聽見電磁加速砲型的悲嘆轟然升高——發出作為砲擊徵候的特有吶喊。機械亡靈無生命的殺意，使得宿於電磁加速砲型的某個亡靈始終不忘扣下扳機的意志。

在知覺同步的另一頭，蕾娜追問道：

『電磁加速砲型有復活的徵兆嗎……』

「沒有。應該可以認定已經擊毀。」

在對付電磁砲艦型或攻性工廠型時，已經確定敵機能夠藉由將中央處理系統變作蝴蝶的方式逃走並復活。這次他們當然也對這個可能性保持警覺，但是沒有出現那種前兆。正確來說，是這架電磁加速砲型也有變成蝴蝶逃走，但只是不斷飛遠而始終沒有再次集結的跡象，所以應該可以判斷已經脫離戰線。

『收到。我會把你的判斷與剛才的警告，一起向特務砲兵聯隊報告。』

蕾娜的氣息暫時從知覺同步中消失——就像她所說的，電磁加速砲型最後盯上的目標，也有可能是特務砲兵聯隊與「鬥神孔雀」。

毋寧說，這個可能性很大。重砲是用來轟擊要塞、基地或陣地等固定目標，或者是直接打擊戰場的一種火砲，其中尤其是以超高速射出大口徑砲彈的電磁加速砲型，更是在瞄準堅固要塞或陣地時最能發揮本領的戰略武器。

敵方原本的目標，很可能是聯邦或聯合王國的預備陣地帶。就算變更預定目標，也應該是對「鬥神孔雀」進行反擊。

絕不可能是以機動打擊群與他們的作戰區域為目標。

因為那種火砲的用途並非瞄準機甲這種小目標射擊。就算是以整個戰場為目標，目前機甲部隊於數百公里長的戰場稀疏而廣泛地散開，在這種狀況下縱然用上霰彈，以電磁加速砲型的性能也造成不了多大損害。

所以——

聽到除了榴彈砲之外還保有反火砲、反迫擊砲雷達的機動打擊群砲兵大隊報告這件事的瞬間，一抹疑念掠過了他的腦海。

『雷達有了反應！超高速砲彈，是磁軌砲！』

『拿機動打擊群當目標……？在這種狀況下？故意這樣做！』

某人脫口而出的呻吟正好就是辛心裡的疑念。其間秒速八千公尺的魔彈在眾目睽睽之下從夜空中迫近。預測彈著位置很近，砲兵大隊對幾個戰隊與「破壞之杖」中隊發出警告。才剛出發的避難列車為了防備彈著衝擊而減慢車速，在他們的背後停車。「女武神」各自散開，趴伏於掩體後方。「破壞之杖」擋到他們與彈著預測位置之間，挺身保護裝甲較薄的「女武神」……

『砲彈即將命中——！』

剎那間。

到達此處的八百毫米砲彈，在「女武神」、「破壞之杖」以及他們保護的高速鐵路正上方，噴出猛烈的爆炸火焰與衝擊波「自爆」了。

†

過去，有個八六這麼說過。

如果只剩下在這裡對抗「軍團」到死，或是放棄生存等死這兩條路，我寧可戰鬥到最後一刻，活完這一輩子。我才不要放棄或是走上歪路。

這就是我們戰鬥的理由，也是驕傲。

他們說，不會為了復仇這點小理由，弄髒自己的驕傲。

之所以不對共和國復仇，是因為這是八六（他們）的驕傲。

同時，也是因為復仇根本沒有意義。就算賠上性命報仇雪恨，那些白豬也絕不會認知到自己的罪孽深重。只會把自己的無能、無策與無恥撇到一邊，死時還自以為是悲劇的主角。他們要的復仇，以真正的意義來說絕不可能實現。

再加上——復仇本來就是不可能的事。退路受到地雷陣、迫擊砲與鐵幕的重重封鎖，就連補給都握在共和國手上，最大的問題是在「軍團」大軍日夜進犯的第八十六區，除了無異於棺材的「破壞神」之外一無所有的他們，根本沒有辦法攻進共和國八十五區。

對，所以八六們沒有選擇復仇。

與其懷著那種不切實際的期望，他們選擇了勉強還有可能守住的尊嚴。

但是——

說到這裡，有一個問題。

不惜付出性命，也要捍衛尊嚴。

如果是這樣，如果能看重尊嚴勝過性命，同樣地就算有人不惜付出性命以求報仇雪恨，也不是一件奇怪的事。要說看得比自己的性命更重要的話，尊嚴與復仇的意義都一樣重大。天秤的兩端完全持平。

這樣的話，難道就沒有八六選擇復仇而非尊嚴嗎？

在此重申一遍，這是不可能的。八六沒有力量對共和國國民復仇。

但是，如果不是八六……

如果是阻擋八六去路，隨時可能踏平他們與共和國，而且延攬死者加入戰線，持續壯大軍勢的機械亡靈……

說到這裡，又有一個問題。

不惜付出性命，以求報仇雪恨。

既然如此，自身的死亡再也不足為懼。

既是如此，難道沒有任何人也想成為「軍團」，也想成為複製戰死者的記憶與意志，以流體奈米機械的中樞處理系統加以重現的「牧羊人」？

難道就真的沒有任何一名八六想加入縱然喪失人類外形甚至是生命，卻擁有復仇力量、強大無比的鋼鐵亡靈軍隊嗎？

†

自爆的八〇〇毫米砲彈，不知為何連霰彈都不是，似乎就只是在最基本外殼內塞滿高性能炸藥的特殊式樣。

而非以廣範圍散開的機甲兵器為目標的話稱得上有效率，對裝甲較薄的「女武神」甚至能直接造成致命性打擊，散播沉重砲彈破片的霰彈。

這點以反人員、反裝甲用榴彈而論也是一樣，在提升殺傷力上與其光靠炸藥的衝擊波，不如添加金屬片做成高速彈體群更有效果。但這枚砲彈卻刻意不添加這種彈體，屬於純粹只以爆炸熱風與衝擊波拍打目標的特殊式樣。

數噸分量的高性能炸藥爆炸的衝擊波確實夠強烈，但即使屬於輕量，「女武神」終究是機甲兵器。若是一噸上下的非裝甲民間車輛還另當別論，十幾噸重的裝甲兵器不可能被這點程度的衝擊波難看地轟飛，更別說是身經百戰的八六們駕駛的機體。

「送葬者」與「女武神」們第一時間壓低姿勢以免機體翻倒，從頭頂往正下方吹襲的爆炸熱風壓在白色機體上。堅韌耐操的避震裝置與驅動器撐過了逼人懾伏般的強大壓力，無頭戰姬們只被封鎖了不到一秒的行動自由，隨即脫離了惡龍的火風吐息。

但縱然是身經百戰的八六們，也因為狀況的不合理而未能察覺，這條忽即逝的僵直時間正是「軍團」不惜違反常理地動用一架電磁加速砲型也想得到的破綻。

亡靈們在遠處發出開戰的吶喊。

那是寄身於「軍團」的亡靈在發動攻擊的瞬間發出的戰吼。距離很遠，但不到電磁加速砲型那種出乎意料的超長距離——是「軍團」榴彈砲兵種，長距離砲兵型(scorpion)特有的攻擊距離。

砲兵式樣的「女武神」全機被封住行動能力，無法洞察機先開砲迎擊。

在場的所有人全都被衝擊波封住行動能力，無法洞察機先逃離禍害。

遮蔽星影，砲彈飛降。

砲彈遠遠越過重整態勢準備迎戰的「女武神」頭頂上方，拖著長長的火焰尾巴飛往它們的背後……

「…………！」

當他們發現敵人的目的，轉頭望去時，當著他們的眼前——預應爆炸熱風來襲而緊急停車的難民列車車隊，被拖著火焰尾巴的「燒夷砲彈群」直接命中。

「什……！」

只有短短一瞬間讓他驚愕地倒抽一口氣。

辛隨即變得呼吸不上來。

顯現於眼前的，是就連他看了都震驚悚懼的地獄。

於彈著的前一刻，燒夷砲彈的外殼破掉分裂成無數子炸彈，輕而易舉地貫穿避難列車本不可能施加裝甲的輕薄鋁合金車身。接著在撕成碎片的列車內部毫無保留地噴發內藏的壞劫之火。

燒夷彈是利用砲彈內填充的燃燒劑點火燒光障礙物的彈種。燃燒溫度足足高達一千三百度。

就連一般認為難以點燃的未乾木柴，暴露在此種高溫下照樣馬上起火。

更何況是渾身包覆容易引火的衣服與毛髮，儘管含有大量水分但同時也包含脂肪的人體，曝露在燒夷彈（Napalm）內部燃劑的超高溫火焰下不可能平安脫身。

鋁合金的列車與內部多達數百人的乘客同時起火燃燒。

「————————————！」

在萬千星辰墜落的黑幕之下，大紅火焰煥赫地燃燒。如同帝王照亮黑暗的豪奢篝火，烈焰甚至是輝煌奪目地當著「女武神」的面越燒越旺。

犧牲者本人的慘叫反而完全聽不見——子炸彈刺到身上，衣服與身體著火，痛苦恐懼地想放聲尖叫的瞬間，喉嚨會把高溫氣體與火焰連同空氣一起吸入，眨眼間燒爛的喉嚨與肺部，讓犧牲者們連一聲像樣的慘叫都叫不出來。

取而代之地，從車身被撕開的傷口與打碎的窗玻璃內側，爆發性生長般伸出無數隻手。它們為了求救與逃命，張開五指伸縮扭動。而它們本身也被透明的火舌纏住，做出比言語更能明言其痛苦的無聲掙扎。

不算寬敞的客車塞滿了難民，沒剩半點空間可供他們逃離火劫與狂亂。與烈焰同時在轉瞬間

四處散播的恐慌，麻痺了眾人手動解除門鎖的些微理性。再加上用燃料混合黏稠劑製成的燃劑（Napalm）黏性極高，會讓火焰黏附在對象表面持續燃燒。淪為人形火炬的犧牲者非但無法逃離身上燃燒的火焰，連滿地打滾都辦不到，幾乎是呆站著旺盛地燃燒。

那種異樣的光景……

「怎……怎麼回事！」「嗚哇啊啊啊啊啊啊啊！」「起火了！燒起來了！」「被攻擊了！後面的車廂——……！」

照亮黑暗的火焰色彩與開始延燒的火勢，讓前後車廂的乘客察覺異狀，發出慘叫。恐慌與臆測轉眼間蔓延各處，群眾在擠得挨肩疊背的車廂內掙扎著想盡可能遠離火海，又因此把混亂局面擴散到下一節車廂。

沒有人試著救助犧牲者，救助被活活燒死的同胞。

更何況面對演變得如此巨大的火勢，一群沒有充分水源的外行人根本不可能滅火，再說燃劑的火焰本來就無法用水澆熄。

太遲了，已經無法挽救。

正是因為不幸看出這一點，八六們與聯邦軍人一時之間才會呆立不動。

趁著這一瞬間的茫然自失——正確地運用剛才以八〇〇毫米砲彈的自爆衝擊波拖住聯邦礙事的機甲兵器，並迫使他們散開退離原位以戒備電磁加速砲型的砲擊，爭取到的用來接近現場的時間……

與電磁加速砲型聯手行動，急速接近的「軍團」機甲部隊的光點（Blip）顯示在雷達螢幕上。駕駛艙內響起震耳欲聾的接近警報。

「嘖……！」

由於優先應付被認為更具致命危險的電磁加速砲型而容許敵機接近，但敵方部隊的存在與接近也已藉由辛的異能告知麾下的全戰隊長，並分享給其他戰隊及「破壞之杖」隊伍。他們即刻將人類身陷業火的地獄光景屏除於意識之外，「女武神」與「破壞之杖」紛紛調頭迎擊敵軍。

「請人員自行判斷，迎擊敵機——不要讓它們破壞鐵軌與列車。看到能打倒的敵機就打！」

他看到起火燃燒的避難列車維持著燃燒狀態開始駛離原處。可能是判斷留在原處會妨礙戰鬥？——不。這也是原因之一，但不只如此。

就算繼續停在原處，也已經無法救援或治療傷患。在場沒有任何人有辦法撲滅燃劑火焰，而且非戰鬥人員兼寶貴的技術人員軍醫早已第一時間送回國內，一個也不剩。

但是如果回到聯邦，如果用最大速度衝過四百公里的路程抵達聯邦勢力範圍，說不定即使是性命垂危的燒傷也有辦法救治。

避難列車如野獸爬行般轉動車輪，最後終於加快速度開始疾馳，轉眼間在黑暗中遠去。背後揹著烈焰地獄與燒死在裡面的人群，即使明白不可能救到所有人仍然冷靜透徹地傾盡全力。

辛以眼角餘光目送它離去……

轟然響起的臨死慘叫刺進耳朵深處，辛瞇起了一眼。

臨死慘叫。

不是不具人格的「牧羊犬（Sheepdog）」，是「牧羊人」，而且為數眾多。光看雷達顯示就有數十輛的重戰車型，帶領著全為輕量級的機種，用它們能跑出的最快速度急速接近。

前方負責守衛警戒網最前排的戰隊報告：

『進入射程了。開始交戰（Engage）——……』

霎時間，「軍團」一躍而出。

一如雷達的顯示，敵方為重戰車型領頭、其餘小兵全為斥候型的奇妙部隊。重戰車型的機體上方，聚集數量多到讓機體與砲塔都失了輪廓的戰車運兵（Tank desant）自走地雷零零散散地跳車，但隊伍編組還是顯得不太均衡。尤其現在要對付的是堅固裝甲幾乎可抵擋任何輕量級「軍團」外加擁有大火力的「破壞之杖」，以及傲人的高機動性讓重戰車型望塵莫及的「女武神」。

那個聲音……

『我要殺光你們。』

是一種彷彿滾動水晶珠玉，清澈的少女嗓音。

少女的嗓音如吟唱般，隨意散播凍結如冰，卻又滾熱如火的激烈怨恨與殺意。

作為她臨死之前，最後的意志與話語。

是少年兵。

而且很可能是——八六。

接著群聚於現場的重戰車型——「牧羊人」全機跟著咆哮。轟轟響起的低沉嘶吼與高亢叫喚，如急驟狂風般壓倒夜晚的空氣轟然雷動。

『我要趕盡殺絕。』

『我要殺了他們所有人。』

『我要報仇。』

『把那些白豬……』

『向共和國復仇……』

『讓你們後悔。』『踩死你們這些蟲子。』

『把你們大卸八塊。』『讓你們哭叫著死去。』『你們活該。』

『我要撕碎你們。』『城市、國家、國旗、軀體、家人、朋友、心靈與驕傲統統不留。』

『跟我求饒啊。』『燒死最好。』『開槍打死你們。』『壓碎你們。』『絕對饒不了你們。』『豈能饒過你們。』

『讓你們嘗嘗同樣的滋味。』『受到更淒慘的懲罰……』『受苦……』『直到我滿意……』

『毀了你們。』『可惡的共和國。』『對共和國……』『對白豬……』『你們竟敢……』『滅亡算了。』『撕成碎片……』『踐踏他們……』『雪恨……』『報仇……』『去死吧。』『燒死算了。』『饒不了你們。』『復仇。』『統統撕裂……』『把那些白豬……』『所有人都去死吧。』『他們所有人都是。』『竟敢害我的朋友……』『把我的家人……』『還給我。』『都是那些傢伙害的……』『那些傢伙才該去死。』『你們會後悔的。』『殺了白豬。』『消我心頭之恨……』『毀滅……』『共和國。』『白豬。』『竟敢……』『殺了他們。』『殺光他們……』『把那些傢伙……』『報仇……』『什麼都不剩。』『洩恨……』『大家都去死吧。』『死吧。』『毀滅他們。』『殺了他們。』『一個不剩……』『全部不留……』『殺了他們。』『殺了他們。』『殺。』『殺。』『殺。』『殺。』『殺。』『殺。』『殺了他們。』『殺了他們。』『殺了他們。』『殺。』『殺。』『殺。』『趕盡殺絕。』

什麼都不留。

『——趕盡殺絕！』

宛如風暴，宛如烈焰。機械亡靈們眾口嘈雜、清晰響亮地狂吠它們的叫喚、咆哮、哀嘆、悲哀、激憤、瞋恚、憎恨、殺意與詛咒。吼出即使頭部被扯下奪走，直到臨死瞬間仍在他們的腦中旺盛燃燒的對白系種、共和國、第八十六區與戰場，這些過去曾經殘害過他們的一切人事物激烈的憎恨。

高吼由於死亡瞬間的腦部構造被複製，無論後來過了多少年都無法治癒的，鮮明而強烈的憎恨。

所有敵機，全是八六——是死後仍然放不下怨憤的他們的亡靈。

「……！」

辛急忙摀住了耳朵。明知沒有意義，但是不這麼做，好像就會被拖進這股強烈的疾呼，在情緒的漩渦中沒頂。

他早已決定，不因怨恨而放棄戰鬥。絕不以憎恨弄髒自尊。

即使如此，他至今也並非從未憤恨、憎惡過共和國人對他們做出的行徑。

所以他無法阻止自己對「牧羊人」們的憎恨產生一抹同理心，要是再繼續聽下去，繼續暴露在這種情緒當中，遲早可能會無法自拔。

『啊……』

事實上也有一架「女武神」像是下意識地往後退。面對迎面撲來的群體聲浪，以及蘊藏其中的激情，在無法帶過也無法反駁的情況下只能後退。

「……各位，如果覺得難熬就切換成無線電。反正在這狀況下索敵也無效了。」

辛說著瞇起一眼。因為偏偏能感同身受——偏偏能理解，所以也隱約猜得到一件事。

電磁加速砲型的……「牧羊人」們乍看之下不合理的一連串行動，目的其實是……

一架重戰車型一聲不響地從正面走出隊伍，用耳熟的低沉男聲靜靜地喟嘆：

『為妳們，報仇……』

辛倒抽一口冷氣。

這個聲音是……

辛至今仍然讓機身高掛跟「當時」相同的識別標誌，雖然對方應該不至於是因為這樣才刻意出現在他的面前……

這個聲音是……

這個聲音是……

——辛！辛耶．諾贊！你這混帳也太為所欲為了吧！

——我要聽的不是對不起，是叫你改進。你要是再這樣繼續亂來，總有一天會死在戰場上！

幾乎每次出擊都要挨罵。辛總是把步行系統本來就沒多強韌的「破壞神」操到超乎極限，機體沒有一次不被弄壞，每當他從戰場回來，擔心他胡來的整備班長都要狠狠訓他一頓。

他還記得。那個在第一戰區先鋒戰隊隊舍的隨軍人員，破鑼嗓門大得跟戰車砲似的，很愛唸人，用墨鏡隱藏銀色雙眸的老整備班長。

「阿爾德雷希多，中尉……」

辛脫口而出的這個名字，更重要的是透過知覺同步聽見的聲音，讓萊登、安琪、可蕾娜、瑞圖以及蕾娜都錯愕不已。

『阿爾德雷希多那老頭……！』

『怎麼會，為什麼……！』

在雜亂交錯的聲音中，瑞圖驚愕地呻吟了。

「你明明……還叫我們快逃……」

瑞圖是最後一個跟阿爾德雷希多說到話的人。

當「軍團」發動的大規模攻勢來襲，他說：「你們快逃。」「逃去哪裡都行，總之一定要活下來。」送走了瑞圖與其他同袍。

瑞圖最後看到的，是他與整備組員揹起輕兵器留在基地應戰的背影。是他大群「軍團」當前卻無意逃跑，簡直像是甘心受罰般前去赴死的背影。

「你說你已經無處可去……因為無處可去，你才……但你卻……」

他說他們已經對太多被送進先鋒戰隊的少年兵見死不救，如今再也無處可去，所以只能如此。就好像作繭自縛一樣。

就好像自願永遠擔任守墓人，守候死了也沒有墓碑的先鋒戰隊無數死者。對，明明選擇堅持自我到生命的最後一刻。分明應該是這樣的。

「為什麼……你怎麼會去『軍團』那一邊……」

為何卻在最後的最後一刻，捨棄第八十六區戰場這個死後無人立碑的無數死者唯一的巨大墳墓。

「阿爾德雷希多」像是要讓人看清他的姿態一般，傲然屹立於以人為柴薪的篝火與戰地暗夜的界線上。

只有反反覆覆的悲嘆不曾中斷，在擁有異能的辛耳裡轟鳴大作。

『為妳們報仇……』『報仇，』『報仇。』『報仇——』『報仇，』『報仇！』『報仇報

『報仇』仇……』『報仇『報仇』。』『報仇『報仇，』『報仇。』『為妳們』報仇……』『報仇『報仇』報仇報仇報仇報仇報仇報仇報仇報仇報仇……』

辛咬緊了牙關。

「——我那時候明明告訴過你，沒有『軍團』在找你。」

恍如隔世，兩年前在先鋒戰隊基地的機庫。

當時悠人還沒有戰死，「破壞神」剩下六架。在那空蕩蕩滿是空位的空間，他悄悄問過辛。問他的妻女是否變成了「軍團」，懷著恨意四處找他。

問她們會不會連死了之後，還被困在戰場上。

辛用異能得知她們不在戰場上，所以實話實說。

假如真有亡靈在呼喚阿爾德雷希多，辛不可能會瞞著他。辛自己也為了誅殺被困在戰場上持續呼喚他的哥哥，花了整整五年在戰場上苦苦尋覓。假如有人在呼喚阿爾德雷希多，假如有亡靈最後呼喚著他死去，辛怎麼可能瞞得了阿爾德雷希多？

可是，阿爾德雷希多的家人已經不在第八十六區的戰場上了。

「所以你只要去了那個世界就能見到她們——是你自己這樣告訴我的啊。」

你卻……

「阿爾德雷希多」重複同一句話。重複生前的他最後期望的，死亡瞬間的心願。

『報仇。』

『為妳們報仇。』

為妻女報仇。

為了被共和國，被祖國，被同胞奪走的——被扔到戰場上慘遭殺害的，我珍愛的妳們報仇。

阿爾德雷希多死了以後，到了該去的世界一定能見到她們。

他卻不惜在最後的最後拋棄這一線希望。

「你的太太與女兒，明明一定都在等你。你為什麼——沒有去找她們……！」

就算說是為了替她們報仇。

只有一瞬間，他狠狠咬緊牙關。

辛隨即幾乎是用揍的，開啟了無線電與外部揚聲器的開關。包括聯邦軍使用的所有頻率，甚至是未經加密的緊急頻道。

「牧羊人」——重戰車型有如準備撲向獵物的野獸般彎曲機身。讓人必須抬頭仰望、總高度四公尺的龐然巨軀的砲塔上，兩挺迴旋機槍緩慢地轉動。

對，是迴旋機槍。

都在有效射程的範圍之內。儘管一旦被靠近到這種距離，想救到「所有人」已是不可能的事情——……

「疏散難民！——這些傢伙的目的是『屠殺共和國人』！」

『…………！』

眼看重戰車型像是反彈動作般一躍而起，「女武神」與「破壞之杖」都發揮了最大力量精確地進行攔截。它們不讓自己暴露在強大無比的一五五毫米砲的射擊線上，反而以機動動作瞄準裝甲較薄的側面和頂部，或者是試著拖延其腳步，用機槍掃射撕裂妨礙機動動作的自走地雷們，或是用霰彈將其轟散。

然而，縱然「破壞之杖」擁有再堅固耐打的裝甲防禦力，也沒辦法冒著被重戰車型主砲瞄準的風險，充當肉盾替人潮擋下敵機機槍的彈幕。至於裝甲頂多只能擋下一二．七毫米彈的「女武神」，遇上在聯邦戰線經常改用一四毫米機槍的重戰車型進行的機槍掃射，也不敢冒險挺身充當盾牌。

最大的問題是，根本不可能要求一介行政職員或是未受訓練的共和國國民能夠像聯邦軍人和八六一樣快速反應。

比戰車砲來得輕快，但區區手槍無法比擬的沉重、啃咬般的斷音轟然響徹四下。

一二．七毫米，或者是一四毫米的重機槍。

以反裝甲用途而論，屬於火力不足的槍械。面對戰車裝甲時不用說也知道，無論從前後左右任一方向掃射都傷不了對方，有些情況連裝甲較薄的裝甲車輛或裝甲步兵都能彈開這種槍彈。

但如果用來對付非裝甲對象，它就搖身一變成了威力極強的槍彈，可以撕碎車輛引擎，把水泥掩體轟成細小碎塊，視高度而定連航空器都能打下來。

更不要說除了單薄皮膚之外毫無身體保護力，甚至只能靠脆弱的骨骼來保護大腦與循環系統，人類脆弱易逝的血肉之軀。

重機槍子彈的有效射程約為兩千公尺。距離開啟戰端的地點正好大約兩公里前方，在這種對人類肉眼而言彷彿十分遙遠的距離，以及雖說只是半毀的殘骸但乍看之下受到兩座要塞牆所保護，位於鐵幕後方的總站前廣場附近……

聚集於該處準備避難的群眾，最外側的那一群……待在從廣場延伸至鐵幕的大街上的集團，一碰就爆開了。

『…………！』

彈頭重、彈速快的機槍或步槍子彈，在直接命中人體時，造成的傷害可不只是開出與彈頭直徑等大的洞這麼簡單。

中彈後，槍彈在體內釋放的動能，會同時廣範圍地對彈道周圍的軟組織造成擠壓傷害。肌肉、血管、神經甚至是內臟，都會瞬間被壓爛並斷成碎塊。假若是根本不以射擊人體為目的製作，以反人員用途而論威力極度過剩的重機槍子彈，人體被破壞的範圍也會極度擴大。

中彈的脖子以上部位炸飛得不見蹤影；手腳化作血煙；腹部爆開慘遭腰斬的肉體，七零八落地掉在地上交錯重疊。

當然是當場死亡，連慘叫也沒叫出一聲。就連細小的骨肉碎片灑落的聲響，都被戰場的喧囂給掩蓋了。

「牧羊人」的機槍繼續旋轉，朝向被同胞飛濺的血花潑個滿頭滿臉呆站原地的共和國人——儘管重機槍子彈威力強大，槍彈卻未曾貫穿人體傷到後面的人。是提升了反人員殺傷力的翻滾式子彈——入侵人體等柔軟物體的內部之後，彈頭停止直線前進開始翻滾，藉由停留在體內而不穿透出去的方式將所有動能用於破壞的槍彈。

不是以堅固裝甲目標為主要敵人的重戰車型會裝填於機槍的彈種。

真要說起來，重戰車型這頭巨龍狩獵屠戮的對象應該是與自己同種的裝甲兵器，以不堪一擊的人體為目標就已經太不合理。

其中的那種——惡意。

『趕盡殺絕。』

『趕盡殺絕——趕盡殺絕！殺光殺光殺光殺光殺光殺光殺光殺光！』

機槍旋轉，發出凶猛叫喚交織火網。彷彿林立的樹木在海嘯席捲下被接連沖倒一般，民眾終於開始逃跑。

他們後退、轉身，在人山人海中掙扎、溺水般往後方逃命。沒人聽得清楚行政職員到現在才開始呼籲民眾避難的聲音。

重戰車型開始突進追趕他們。憑著不把眼前的「破壞之杖」與「女武神」放在心上的悠然與傲慢，同時也帶點——指斥同樣身為八六卻賣命保護共和國國民的「女武神」們的罪狀，嚴加譴責的激情。

『可惡……！』

『該死！——攔截它們！』

同時在辛的眼前，「阿爾德雷希多」也展開行動。

八隻腳向下一壓，累積力道。憑著從靜止狀態瞬間達到最高速度、只能用違反常理來形容的加速能力，戰鬥重量一百噸的鋼鐵怪物飛奔而出。

『報仇！』

但是這個衝殺行動，被瑞圖的「米蘭」從側面衝出來抓住機身攔截了下來。

「瑞圖！」

『最後一個跟阿爾德雷希多中尉說話，看著他離開的不是隊長，是我！所以「這個」中尉也應該由我來打倒，而不是隊長！』

瑞圖如同狩獵中的跳蛛，張開四腳攀住砲塔頂部，一邊承受著重戰車型甩動機身想擺脫他的加速度一邊大叫。只有「米蘭」的紅色光學感應器轉來，望向「送葬者」。

『所以隊長，你快走！雖然大概已經來不及阻止整件事了！但還是請你去阻止八六——阻止他們！』

聽到那種奮力呼喊……

辛抿起嘴脣。

呼出一口氣後說了：

「交給你了。」

『是！』

話雖如此，很遺憾，瑞圖說得沒錯。

重戰車型是用來突破人類設下的堅固防衛線，由「軍團」集中投入戰線的攻勢最先鋒。是無論遇到地雷、反戰車障礙物、戰壕、步兵甚至是機甲，都能夠一律平等地蹂躪碾碎的兵種。

碰上它的突擊，沒有防衛設施也沒有後方砲火支援，光靠機甲實在阻擋不了。

再加上重視高機動性勝過火力與裝甲防禦的「女武神」，並不適合停在定點進行砲戰。如果是預先料到「軍團」部隊即將發動攻勢並洞察機先，先發制人展開挺進與強襲的攻性防衛戰鬥還另當別論；保護躲在短短幾公里後方的護衛對象，死守戰線與敵軍廝殺並非這種機種的用途。

乍看之下的平手狀態只維持了短短一刻，宛若鐵青色海嘯的「軍團」重機甲部隊深厚的縱隊，造成勉強建構而單薄如紙的白銀與鐵灰色的防衛線到處被咬破，容許敵軍進犯。重戰車型憑恃著堅固耐打的裝甲彈開左右來襲的八八毫米砲彈，用龐大身軀不該有的飛毛腿穿越機甲兵器之間的混戰。

被這種以戰鬥重量一百噸的超大重量衝出時速將近一百公里的速度，毫無合理性可言的鋼鐵怪物追殺，在哺乳動物當中腳步特別笨重的人類自然不可能逃脫得了。

速度與重量，直接變成攻擊人類的凶器。

重戰車型邁步猛衝，跳進了成群難民的正中央。

萊登讓「狼人」撲進第八十三區時，已經有十架以上的重戰車型入侵區內。

還差幾公里距離的冬青市總站月台已經有列車等著出發，看來似乎正在讓難民上車。待在列車內或是高架橋上月台的那些人無法立刻跑走，而且也沒進入機槍的射擊線所以姑且沒事；但準備搭下一班車的集團聚集在總站前廣場上，呈放射狀延伸出來的十二條大街也都有按照乘車班次分組的集團在排隊。

這些人一齊爭先恐後地想離開現場，造成入夜的第八十三區陷入一片混亂逃難潮。

他們被重戰車型的威容與掃射嚇得各自四散逃跑——不對，是想逃跑卻互相衝撞，出於無意地擋了彼此的路，急著逃命卻只能互相推擠。

糟的是難民被分成幾個數千人的集團，摩肩擦踵地聚集在廣場或街道上。民眾彼此形成障礙導致連移動都有問題，少數的誘導聲音也被慘叫與重機槍的吼叫蓋過。這些毫無秩序可言，混亂到讓人不忍卒睹的避難群眾，被「牧羊人」們從容不迫地衝散踢倒。

不可能開著「女武神」直接衝過人潮正中央，民眾又會不規則地跑過射擊線，使得「狼人」不敢隨便使用機砲跟機槍。就算想用外部揚聲器誘導避難，恐慌混亂的群眾也不見得聽得見。

「該死……！」

眼睜睜看著敵機大開殺戒，自己卻毫無辦法，讓駕駛艙內的萊登懊惱得咬牙切齒。

『真是……簡直跟大規模攻勢的時候沒兩樣！這些白豬！跑來跑去的真礙事！』

「我也覺得他們很礙事……但是跟大規模攻勢的時候應該不一樣吧，托爾。」

聽到托爾在身旁奔馳的「莫空龍」裡破口大罵，克勞德一邊駕駛「潘達斯奈基」一邊回話。

想起在一年前，感覺已經是好久以前的事了，那個共和國第一次淪陷的大規模攻勢之日。

當時「軍團」與重戰車型，或許也有「牧羊人」們，確實也湧進了那些民眾之間，但是……

「它們當時沒這麼不肯罷休……沒有像這樣搞得像是在獵殺人類……」

重戰車型的機槍發出輕快的槍聲。

辛發現它對難民掃射的不知不覺間已不是重機槍，變成了口徑更小的泛用機槍。

重戰車型在砲塔上配備了兩挺迴旋機槍。它似乎特地將其中一挺換成了泛用機槍。在聯邦的戰線上，就連斥候型都很少使用這種反人員的七．六二毫米口徑。

全尺寸的七．六二毫米步槍彈，具有若是非裝甲車輛或不夠堅固的建材便能夠輕鬆貫穿破壞的威力，當然要殺人也是綽綽有餘——但不同於反器材用的重機槍子彈，不見得能一槍斃命。

機槍無情地從背後掃射掙扎逃竄的民眾，把他們打倒在地。發射速度極快使得槍聲接連不中斷地響起，彷彿狂猛豕獸鼻子呼著氣低吼般轟然響徹四下後，徒留群眾手腳斷裂、肚破腸流滿地爬的悽苦慘狀。頭蓋骨像是熟透的西瓜般爆開，腦袋上半部整個不翼而飛倒臥地面的屍體反而還顯得比較幸運。

「嘖……」

再怎麼說也不能把光學感應器切換成聲波感應器，所以不願意也得看。虛弱的哀叫與求救的聲音也都傳進耳裡。遠比早已聽慣了的亡靈悲嘆更刺激神經，聽起來格外明顯的幼兒哭聲，令他下意識地嘖了一聲。

看也知道，救不活了。

但是，人數又多到沒辦法開槍幫他們解脫。畢竟現在正在戰鬥，不能浪費子彈。就算是只能用來幫同袍安樂死或自殺的手槍，也因為只有這點用途而沒有配備備用彈匣。

無能為力。

就連直接踩死他們，也因為過多「黏著物」可能影響奔跑或閃避動作而應該避免。

雖然這些他都清楚，但還是聽得到那些聲音。

『求求你，救救我。』

他即刻看穿伸出的小手是自走地雷，連同本體直接踢飛……當然了，這種兵種本來就是用來鑽這類場合與心理的漏洞。

透過資訊鏈掌握了狀況的蕾娜，立即對所有部隊提出警訊。經過瞬間的遲疑後，也用外部揚聲器警告共和國國民。

內容是不要隨意接近傷患或屍體，聽到有人求救時，除了確實認識的聲音之外一律不可回應。用一種過度假裝冷血透徹，緊繃得像是即將破裂的玻璃般的聲調。

燈早就被流彈擊碎，在這除了四處昏暗朱紅的熾烈火光之外再無其他光源的黑暗之中，人類的肉眼不可能分得清倒地傷患與自走地雷的差別。與共和國人同樣身為共和國公民的蕾娜，被迫指示群眾即使看到受傷的同胞也必須見死不救，以保護自身安全。

然而就好像在嘲笑她的懊惱，要幫忙多增加點篝火似的，轟的一聲，一道火焰伸入黑夜。

本應屬於工兵部隊而非陸戰部隊裝備的火焰噴射器，被安裝在稱霸陸戰的重戰車型上使用。這種裝備並非不能用來對付人類，只是別說戰車砲，就連跟泛用機槍相比射程都太短，這種射程只到燃料噴射得到的一百公尺距離，名符其實的水槍，竟然被重戰車型拿來運用。

增設了火焰噴射器噴嘴的砲口噴出與粗長砲身一比之下細得好笑的火焰。它用徹底忽略機甲兵器原則的悠哉步履，追趕慢吞吞的人類並用火燒他們。燃燒溫度達一千三百度的燃劑火焰讓人體像枯葉一樣起火。

在看來是配合著增設，很可能是反人員感應器的狂暴烈焰般的輪廓中，如眼球骨碌碌蠢動的光學感應器不知為何竟然看得出帶有喜色。

名符其實地瘋狂舞動，到處亂竄的「篝火」為黑夜戰場暫時落下複雜的陰影。不知是否被交錯的明暗對比所惑，一架「破壞之杖」就像一個人眼花時那樣不禁短暫停住腳步，容許自走地雷接近它的一隻腳。

只差一刻來不及踢飛，它爆炸開來。炸斷的腿部因為沉重而沒被震飛直接倒下，砸死了一個不幸的——或者該說幸運的——傷患。

『該死……！』

「『芬里爾二八』，請退離火線。其他『破壞之杖』也是。死角較多的『破壞之杖』，在這種有太多民眾與自走地雷混入的戰場——……」

話還沒說完就被吼了回來。

『少說蠢話了，機動打擊群的！你們八六才是——只受過狩獵臭鐵罐訓練的你們才是不該硬撐，快撤退！你們只是習慣看到別人死亡，但是根本沒受過心理健康訓練！更不要說目睹這種幾百人被活生生烤熟的場面！』

「！……………」

砲聲隆隆。

Illustration:I-Ⅳ

THE CAUTION DRONES

[「軍團」的高威脅性戰力]

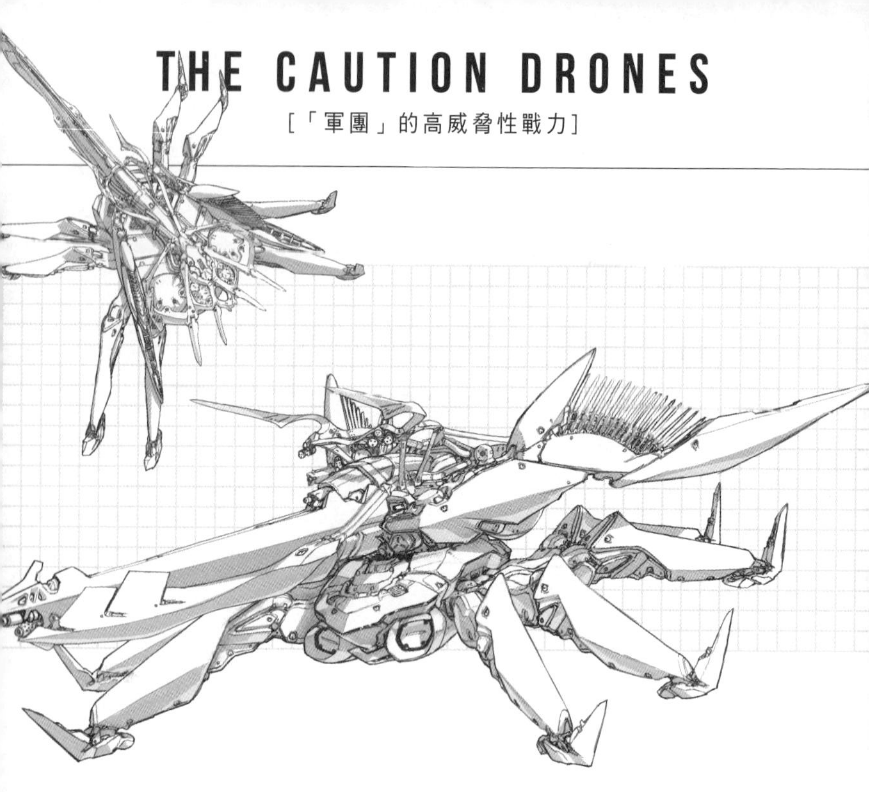

【Dinosauria】

重戰車型
火焰噴射器式樣

[ARMAMENT]

155mm滑膛砲×1
火焰噴射器×1
12.7mm重機槍×1
7.62mm泛用機槍×1

主砲砲身增設火焰噴射器（燃料槽位於背面），頂部搭載廣域反人員感應器。另外將副武裝的其中一挺12.7mm重機槍更換為7.62mm泛用機槍，形成以機甲兵器而論反而削弱了力量的特殊式樣。避免對象立即死亡的武裝選擇也同樣大幅偏離了「軍團」的合理性——這就是在對共和國的憎恨與復仇心驅使之下，前八六為了有效率地折磨人類而演變出的全新形態。

七隻腳的「破壞之杖」射出的一二〇毫米戰車砲彈，從側面射穿了不可能沒偵測到鎖定卻執意繼續噴火焚燒民眾的重戰車型，使它拋錨——這些「牧羊人」顯然把屠殺共和國國民的優先順位放在對「女武神」或「破壞之杖」的警戒、應對前面。

身為以與自己同類的機甲兵器為假想敵的多腳戰車，而且還是位於其中最高層級的重戰車型，竟寧可忽視本來應該第一個對付的「女武神」跟「破壞之杖」，執拗地獵捕對重戰車型來說無異於蟲豸的渺小人類。以「軍團」平常總是從威脅度較高的目標依次冷靜、透徹而機械性地擊毀敵機群的戰術來看，現在的行動實在太過異常，毫無合理性可言。

於是理所當然地，以在平地用「女武神」對付重戰車型集團而論相當快的速度，成群暴龍被一一擊毀。「牧羊人」的中央處理系統變作銀色蝴蝶，從拋錨的龐然大物當中噴出飛上夜空。

恰似了無遺憾的死者，安詳地辭世升天。

以前，芙蕾德利嘉說過。

「軍團」不會折磨人類。

但現在卻……

「不惜做到這種地步——……」

不惜反抗「軍團」的本能，而且化身為機械亡靈。

他用力咬緊牙關。

他早就知道事情會「如此發展」。早在大規模攻勢之前，他人還在第八十六區的時候就知道了。

就是因為知道，才沒有選擇復仇。

因為他知道用不著他們特地復仇，「軍團」遲早會消滅共和國。知道不需要自己動手……過去，他是這樣告訴蕾娜的。當時他嗤笑著告訴她：

——屆時，白系種(你們)有能力戰鬥嗎？

——肯定不行吧。

嗤笑共和國國民連為了保護自己而戰的能力都沒有，作為一種生物的丟臉德性。

可是，雖然他那樣說過。

但就連當時，他們也從未期望看到如此悽慘的光景。

「女武神」的八八毫米砲、「破壞之杖」的一二〇毫米砲，紛紛擊毀重戰車型。重戰車型在量產型的「軍團」當中屬於最強機型，然而它們此時以殺戮共和國國民為最優先，慣於戰鬥的八六及聯邦軍人要獵殺它們並不難。

但是每擊毀一架，蝴蝶就會飛走。

這是讓流體奈米機械的處理系統變形、分散的逃走方式。以高機動型為始，電磁砲艦型與攻性工廠型也都在他們面前展現過這種「軍團」的永生化功能。

這種人類的正常理智絕不可能承受得了，宛如將大腦煮化分裝成無數小瓶的逃走方式，原為人類的「牧羊人」們竟能輕易辦到，怎麼看都只能用瘋狂來形容。八六們驚駭得渾身發冷，仰望昔日同胞拋棄肉身變成的蝶群。

「各位人員，為什麼在發呆！……不要讓它們逃了！」

他們的女王高聲斥責。「女武神」砲兵式樣機急忙裝填燒夷彈。

然而……

『上校，不行——那些傢伙拿人當盾牌！』

「嗚……！」

重戰車型待在人群的正中央，不可能用燒夷彈去攻擊。

把咬牙切齒的女王與「女武神」拋在一旁，享受夠了殺戮樂趣的「牧羊人」們從容不迫地逃走。

瑞圖先把四具五七毫米破甲釘槍全打進「阿爾德雷希多」身上，但因為一直被甩動，可能是打的位置不好，這點攻擊還不足以讓頑強至極的重戰車型停下腳步。

他被重重甩落到地上後一躍而起，之後就不顧一切了。他連續發射八八毫米戰車砲，炸毀腿部關節又炸飛兩挺迴旋機槍，用機槍掃射打碎光學感應器，用鋼索鉤爪勾住火砲妨礙它旋轉，捲動鋼索再度攀上砲塔。

都做到這種地步了，「阿爾德雷希多」依然堅持獵殺周圍的共和國國民，而不是「米蘭」，掙扎著不肯放棄。它射殺民眾，用砲身掃倒他們，失去了武裝與光學感應器還繼續瘋狂暴衝，想用腳踩爛那些人類。導致瑞圖不得不用外部揚聲器一遍又一遍地叫民眾快逃，喊到聲嘶力竭。

到了最後，他終於從零距離內，將戰車砲彈射進了滿是傷痕的砲塔頂部。

「哈……哈啊……哈啊……哈……」

瑞圖跳下無力地倒下起火的重戰車型，在經過機甲兵器的生死鬥之後變得破碎不堪的鋪石地上，拚命調整急促的呼吸。

然而流體奈米機械的銀蝶並沒有從嚴重損毀的「阿爾德雷希多」逃走。

每當它要構成形體，薄翼就被火舌舔舐燃燒，無法逃走。

是瑞圖把八八毫米成形裝藥彈射進它體內，讓它無法逃走。

噴進裝甲內部的超高溫、超高速金屬噴流，逐漸燒光「阿爾德雷希多」。

「中尉……」

瑞圖以前聽辛說過，他有過妻子與女兒。

在聯合王國的作戰結束後，瑞圖希望辛也能記得阿爾德雷希多的臨死情形，把事情告訴辛的時候，辛說「既然如此」也分享了自己所知道的。他說阿爾德雷希多是為了保護妻女才自願來到第八十六區，最後卻仍然天人永隔，又說阿爾德雷希多一直希望死後能與妻女重聚。

Illustration:I-IV

阿爾德雷希多其實是白系種，所以，女兒應該也有著銀色的頭髮或眼睛。

……或許，是因為這樣？

可能吧……一定是的。

在「米蘭」旁邊，癱坐在地渾身發抖的白系種年輕女性總算抬起頭來。銀髮與銀瞳，看在瑞圖眼裡仍然屬於令人厭惡的共和國人。

「阿爾德雷希多」最後想踩死這名女性，卻做不到。

它在嚇得腿軟站不起來的女性頭上抬起了腳，卻就這樣踩不下去僵在原處。所以瑞圖才能趁機讓「米蘭」爬上它的機身。

女性被「阿爾德雷希多」旺盛燃燒的朱紅火光照出半張白皙臉孔，發著抖仰望「米蘭」。

她仍然癱坐在地上，只是勉強擠出幾個字：

『那個……謝、謝謝你，救了……』

瑞圖沒等她說完就直接打斷她。

「這些話就省了啦，站起來，快點逃得越遠越好！」

發出的怒吼聲凶狠尖銳，幾乎像是慘叫。瑞圖已經懶得去看嚇得肩膀一晃，腿軟站不起來只好連滾帶爬地逃走的女性，皺起整張臉。

因為，他救不了阿爾德雷希多。

竟然讓他殺了這麼多人。儘管他必定就是抱著這種念頭成為「牧羊人」，但這些都是人命。

瑞圖並不想讓他做出這種事來。

瑞圖真正想救的才不是什麼共和國人，是阿爾德雷希多才對。

「為什麼……」

自己沒救阿爾德雷希多，卻救了共和國人。沒救阿爾德雷希多，卻去救什麼共和國人。

瑞圖感到怒不可遏，悲從中來的心情卻更加強烈。但是現在的戰況不允許他生氣難過，瑞圖只能一拳捶在光學螢幕上發洩激動情緒。

一架重戰車型將準星對準了抱著可能是妹妹的少女逃跑的少年背部。

看到這一幕的瞬間，可蕾娜立刻開槍。八八毫米成形裝藥彈在它的正上方自爆，兩挺機槍同時被炸飛的「牧羊人」踉蹌了一下。

可蕾娜讓「神槍」降落在它的面前，介入少年少女與重戰車型之間。擋在原為八六的「牧羊人」面前，挺身保護共和國出身的少年少女。

少年轉過頭來低聲說了。大概十五六歲吧……跟她年紀相仿。

『八六……』

「對！」

可蕾娜用外部揚聲器吼了回去。其間視線繼續緊盯重戰車型。

「對，我們是八六。但是……」

雖然，我們是被你們共和國人迫害過的八六。

但我們是以戰鬥到底為傲，戰鬥到這一天的八六，「所以」……

『我可以救你們！我們有能力戰鬥，所以這次我們來保護你們！』

因為現在的自己保護得了過去那個年幼弱小的自己，以及過去曾經試著保護她的姊姊。

因為自己已經夠堅強，保護得了這一切。

「你是她哥哥吧？……快帶著她逃走！」

少年一瞬間茫然不知所措，然後泫然欲泣地皺起了臉孔。

『對不起，謝謝……！』

接著就抱著年幼的妹妹往前跑。

可蕾娜用眼角餘光看著他跑走，把準星對準重戰車型——一架體內宿有昔日同袍亡靈的「牧羊人」……特地將迴旋機槍更換為七．六二毫米泛用機槍，採用重戰車型不該有的反人員式樣。

陌生青年的聲音悲嘆著說：

——我絕不饒過他們。

「…………嗯。」

可蕾娜心想：我大概懂你的心情。

在那第八十六區，同一句話她不知道說過幾遍。心裡的某個角落，始終無法忘懷在胸腔底層熾烈燃燒的陰暗怒火。

若不是遇見了辛，若不是有萊登、賽歐、戴亞、安琪、凱耶與悠人，還有蕾娜這樣的一群同伴……只要走錯任何一步，說不定自己也已深陷那團怒火之中。

若不是有一位白銀種的軍官試著設法拯救她的父母親……若不是在強制收容所裡，她的姊姊分明自己也還是個孩子卻保護了她……

可是……

正因為如此……

「你不可以做出同樣的行為。」

不可以開槍射殺想保護年幼妹妹的哥哥。

不可以踐踏還沒有力量抵抗的幼小孩童。

原為八六的你不可以做出跟白豬同樣的行徑。

我，不會讓原為八六的你……

「我不會讓你也去做出那種行為。」

總高度高達四公尺，即使置身人山人海仍顯得極其突兀的重戰車型，以及徹底躲在後方執行觀測任務的斥候型已經消滅了很多；但是夜裡遠遠看上去與人類相差無幾的自走地雷在這混亂狀況當中究竟有沒有減少則無從推斷。

應該說看來已經有電磁彈射機型挺進至數十公里前方的地點，托爾用眼角餘光瞥見被投擲的自走地雷從黑漆漆的空中零零散散地降落下來。

「啊啊，該死！麻煩死了！是說這玩意兒真的很礙事耶……！」

內藏成形裝藥的反戰車型（Zentaur）自走地雷，在緊貼狀態下連「破壞之杖」的頂部裝甲都能炸穿。被這種機型靠近到一定距離內會造成極大危險，問題是四周擠滿了密密麻麻的人形輪廓。

他活用半年前在夏綠特市地下鐵總站壓制作戰獲得的經驗，用最大輸出的瞄準雷射照射過去，盡可能分辨出附近的人類與自走地雷。排斥高溫與疼痛的人類會反射性地閃躲，不具有痛覺的自走地雷則是毫無反應，就算有反應也比較慢。托爾並不在乎一不小心撞到或踢飛共和國人，但也不會想不分對象統統踩扁。

他才不要為了他們，去背負那種罪過。

接近警報響起。又有一隻自走地雷不理會瞄準雷射的隱形長槍跑了過來。

「嘖……」

正當他縮起前腳準備把它踢飛時，就在那個瞬間……

『哇啊啊啊啊啊！』

伴隨著一陣走調的吼叫，某種被人揮動的長條物體從旁打中了自走地雷。

叫聲聽起來笨笨的，攻擊卻很有力道，輕量的自走地雷被打掉了頭部感應器，踉踉蹌蹌地摔往另一個方向。托爾急忙收回「莫空龍」的腳。

一看，介入兩者之間的不速之客是個一身西裝弄得皺巴巴，戴著眼鏡的白系種削瘦青年。他雙手握著不知從哪裡拔來的長條鐵棍，瞪著扭來扭去爬不起來的自走地雷叫道：

『你、你是白天在閘門前幫忙監視民眾的「女武神」對吧！』

這讓托爾認出了他。

就是在總站前廣場，守著入場閘門的人員。那個讓人丟掉不能帶上車的行李，又被對軍人優先的避難順序心有不滿的民眾跑來抗議，哭喪著臉進行入場管理的行政職員。

他的確是對著旁觀的托爾輕輕點頭道過好幾次謝。

『謝謝你的幫助。所以小隻的就交給我吧！』

「啥啊？」

托爾不由得大叫出聲。真虧膽小懦弱，對付起「軍團」實在太過脆弱，身上沒半點裝備的共和國人敢說出這種話來。

「你哪有辦法啊，快退後啦！應該說快點逃走啦，很礙事耶！」

足足九年把戰爭推給八六，躲在牆內的白豬，現在才來……

忍不住咬緊的牙關摩擦作響。

真要說的話……

「真要說的話……我那時只是在看好戲，才不是在幫你監視民眾。」

只是在觀賞白豬狗咬狗一嘴毛的醜態。

觀賞你們白豬躲在牆內，哪裡都去不了的那種醜態。

『就算是這樣，我今天還是受了你的幫助。所以……！』

自走地雷接踵而來。青年振臂揮動鐵棍，毆打跑過來的下一隻自走地雷。

一開始那隻趴倒在地上爬不起來又不停掙扎的自走地雷，就在這一瞬間成功把身體翻轉了過來。

身體正面朝向青年。這種自爆兵器，原本就是用來抱住目標後引爆，以指向性地雷破壞人體，或者是以成形裝藥摧毀戰車裝甲。

無論是霰彈還是成形裝藥，破壞力都會集中在抱住目標的懷裡——身體正面。

『慘了！快躲——……』

自爆。

這一隻不是散播霰彈的反人員型，是生成金屬噴流的反戰車型自走地雷。

即使如此，在極近距離內被爆炸火焰吞沒，區區人類絕無一線生機。

「…………所以我不是說了嗎？」

嘴裡喃喃自語的聲音，對方不可能聽得見。

然而被炸飛、燒焦倒地的職員，嘴唇微微動了動。

『對不起……不，不對。我們，對不起你們八六。』

「別再說了。」

不要現在才來跟我說這些，我不想聽。

在強制收容所也是，戰場上也是，你們從來沒幫過我們。現在才來道歉又能改變什麼？

『我不會求你們原諒我們。但如果可以……』

只希望你們不要恨我們——……

青年呢喃著說了。那種眼神證明了他知道連恨都不被恨……被蔑視、拋棄，最後被當成小蟲一樣遺忘，才是共和國國民能對八六做出的唯一補償。

我知道這你們做不到。可是，最起碼，只有現在……

只有這一次……

『能不能請你……救救我的同胞？』

看在我死得如此愚笨的分上。

托爾狠狠咬緊牙關。

他洩憤般、唾棄般說了：

「……關我屁事。」

我才懶得理會白豬的自我犧牲。

那些跟我無關。所以……

「我會救你們。不是看在你的分上，單純只是出於我的一時興起與心情。」

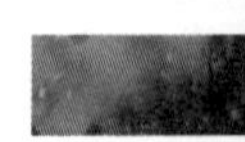

「女武神」優先對付重戰車型，也就是不免把自走地雷先擺一邊的時候。

其中也有一些民眾站出來對付它們。

挺身保護孩子或配偶的雙親、幾個年輕朋友組成不太可靠的隊伍——避難行動以行政區為單位，這些集團身邊都有家人，或是熟人。他們為了保護這些對象，不知從哪裡撿來某種棍棒，有時甚至撿起爆炸的自走地雷轟飛的手腳來毆打敵人，或是拾起瓦礫丟過去。

這些人最後都被大卸八塊，以身殉難。

「女武神」的奮戰，確實慢慢減少了重戰車型的數量。

但是民眾無論是選擇逃跑還是挺身對抗，都公平地一味增加死亡人數。

光是一隻反人員型自走地雷，就能同時讓好幾人被霰彈炸飛。在各地方開始燃燒的火勢，也照亮了層層重疊的淒慘遺體與奄奄一息的傷患。

蕾娜看著這片景象咬牙切齒。

必須減少死亡人數，但更重要的是，為了不讓人員繼續犧牲……

「得想想辦法……」

得設法疏散民眾才行，但又不能讓民眾無秩序地逃散到第八十三區之外。可是恐慌狀態正在蔓延。被火光照亮的戰鬥、鮮血、碎肉、屍骸與慘況，煽動了人們的恐慌情緒。誘導的聲音本來就已經很難聽見，現在群眾更是開始直接置之不聞。

「⋯⋯！⋯⋯極光戰隊，你們能去誘導民眾嗎？准許適度使用武力威脅，請讓民眾前往第三工廠——到我傳給你的地點找個暗處待命。」

『收到。』

但是辛打岔了。

聲調冷靜透徹。

『不，蕾娜——敵方的援軍來了。沒有餘力讓軍士長他們去誘導民眾。』

「唔⋯⋯！」

最後一架重戰車型終於倒下。

彷彿要讓他們無暇消滅飛起的銀色蝶群，一群聲音正在接近此地。鐵青色海嘯逐步侵蝕地平線。

接著是一道閃光。

在半傾圮的鐵幕後方，星星炫目地燃燒。

一顆，兩顆，五顆，七顆⋯⋯這些不斷增加的星星，是後方長距離砲兵型打出的照明彈。它們一面用降落傘緩緩降下，一面化作小型太陽照亮地表。

照亮原先被封在黑夜中沒被民眾看到，陸續進逼此處的殺戮機器百萬大軍。

「噫⋯⋯」

羊群僅剩的理性就此崩潰。即使重戰車型已從戰場上死絕，恐懼與求生本能仍讓民眾步步後退。

先是一個其實離殺戮街巷或要塞牆都很遠的小孩發出尖聲慘叫拔腿就跑。周圍幾人受到影響，零零散散地跟著逃跑，附近一些人又受到他們影響開始逃命，最後難民集團終於宣告潰散。

行政職員急著想阻止他們，但已經沒人理會了。他們就像雪崩一樣逃出第八十三區，跑回他們曾經安居樂業的八十五行政區深處。「女武神」必須準備迎戰「軍團」本隊而無法去追，蕾娜用外部揚聲器呼喚民眾的聲音也不足以挽留他們。

「等一下，快回來！就算逃回牆內，也沒辦法阻擋這種大軍——……！」

話說出口才讓她想到一點，心中一陣戰慄。辛的異能捕捉到的援軍數量，比機動打擊群加上救援派遣軍的總戰力還要多出近一倍。手無縛雞之力的共和國國民不用說——就連此時留在這裡的聯邦部隊，也已經岌岌可危。

理查少將即刻做出了判斷。該下「這個」判斷的不是蕾娜也不是葛蕾蒂，是他這個救援派遣軍司令官。從「軍團」戰爭之初征戰至今的沙場老將，在這一刻照樣二話不說克盡厥職。

『共和國國民的避難支援任務到此結束——繼續抗戰已不可行，包含救援派遣軍及機動打擊群在內，全防衛部隊現在開始撤退！』

「……！」

蕾娜即使理性上也做出同樣判斷，仍忍不住倒抽一口氣時，理查對她提出詢問。而且是切換了知覺同步的設定，只與她一人通話。

『米利傑上校，如果是妳，有辦法至少把部分逃走的民眾叫回來嗎？』

「……………沒有辦法。」

他這樣問，並不是要讓蕾娜認清她辦不到。

而是用詢問的方式暗示蕾娜，不管是她還是任何人都辦不到，所以見死不救實屬情非得已。

『——月台上的一九一號列車，其餘難民搭乘結束後立刻出發。以待命中的一九二號列車為本次作戰的最終列車。』

『一九一號，收到。』

『留在八十五區內的工兵、憲兵與司令部人員於現在時刻結束任務，立即搭乘一九二號列車。如果附近還有共和國國民，拖著他們上車也行。確定所有工作人員乘車完畢後即刻出發。』

憲兵們想盡辦法將試圖逃走的民眾扣留在月台上，強行把他們塞進一九一號列車；列車離站後經過大約半小時，來到聯邦標準時間兩點五十八分。

離開共和國的最後一班列車，一九二號從冬青市總站出發。

在月台上負責避難誘導的憲兵、處理司令部撤收工作的人員，以及炸毀部分鐵幕回來的工兵都趕搭了這班列車。同時也將害怕得呆站原地而不是拔腿就跑，因此逃得較慢的部分民眾盡可能塞進車廂，列車就這麼帶走了最後一批難民。

前方車燈為了不讓「軍團」發現位置便熄燈，依靠夜視裝置在深更半夜的黑暗中疾駛。在遠處的夜幕中，可以模糊看見原本正在前往共和國的空列車，一九三號與一九四號接到聯絡而調頭返回聯邦。

接著輪到機動打擊群的留置部隊開始撤退。

他們讓速度較慢的「破壞之杖」先行後撤，由「女武神」與裝載了補給物資的「清道夫」組成殿軍部隊。此種編組方式仰仗它們在最糟情況下能夠擺脫大多數「軍團」的速度，做好造成少數犧牲的心理準備讓它們一口氣衝過支配區域。

「女武神」的高機動性有時甚至會傷害到駕駛員（處理終端）的身體，不過只要援引電磁加速砲型追擊作戰時的芙蕾德利嘉，或是龍牙大山據點壓制作戰時的阿涅塔等例子，即可得知只要是避免正式戰鬥的行軍，即使是非戰鬥人員也承受得住。在如同阿涅塔那時候的狀況，傷勢才剛恢復而再次擔任長官護送專員的前雷霆戰隊成員莎奇駕駛的「女武神」——識別名稱「女巫貓」艙內，蕾娜整個人靠進追加座位裡，承受著可能讓人咬到舌頭的震動。

明知看不見，她仍然僅以視線回顧逐漸遠去的戰場。

莎奇發覺了，握著操縱桿只用指尖按按鈕叫出子視窗。展開的全像視窗播放出畫質較為粗糙的鐵幕影像。是最尾端部隊用照相槍拍攝，透過資訊鏈分享的影像。

「謝謝。」

「……不會。」

即使站得較遠仍然必須抬頭仰望的鐵幕底部，已經被漫天漫地的大群「軍團」所淹沒。宛如慢慢氾濫的大水，它們從黑暗彼方陸續進軍，就像無數蝗蟲鋪天蓋地，靜悄悄地逐步建構包圍網。不是出於飢餓或天譴，只是被作為殺戮機械不具生命的殺意所推動，形成蹂躪並吞沒城市、國家、大地與人類的鐵青色蝗災。

蕾娜透過辛的異能，聽出一度化為銀色蝴蝶逃走的「牧羊人」成群的聲音再次潛藏其中。依棲於處理系統的亡靈憎惡，即使經過方才那場屠殺仍然不受安撫，亢奮地狂叫。

在投下砲彈衛星與之後展開攻擊時……

「之所以沒有攻打、消滅共和國——……」

之所以容許機動打擊群挺進，坐視聯邦軍今天一整天的撤退與同時進行的共和國國民避難行動，就是為了這個。

為了讓想必會比共和國國民優先撤退的聯邦救援派遣軍非戰鬥人員能夠馬上返回聯邦。目的就是要讓派遣軍本隊判斷如果丟下其餘共和國國民，戰鬥人員自己有辦法跨越「軍團」支配區域，逃出生天。

因為假如聯邦軍在鐵幕內留下兵力，抗戰到底，「牧羊人」們就無法享受屠殺共和國人的樂

趣了。

獵場已被關閉，以純白為傲的獵物們已無法脫身。關住他們的，正是他們視為有色畜生加以厭棄放逐的獸群變成的亡靈。

如同過去被關進第八十六區，被迫代替國民戰死的眾多八六的犧牲場面重現。

如同逼迫他們陪同過去率領國民主導革命，卻又被國民親手打入大牢，死在獄中的聖女瑪格諾利亞殉葬。

蕾娜知道屠殺即將開始，頓覺不寒而慄。復仇者們醉飲鮮血，以人作為篝火柴薪，聆聽叫喚與苦悶的樂章，將可憎的成群「白豬」一如其名地做成慶宴佳餚狼吞虎嚥的筵席，永無醉倒或吃膩的一刻。

直到吃盡最後一人——這次，一個也不留。

†

『——不。』

在屏蔽貨艙內的黑暗空間，瑟琳再說一遍。重複一遍被維克問到，她想回答但被禁規阻擋的話語。

她已遭到統括網路中樞——「軍團」總指揮官們在全體同意下排除在外。

「因為她試著阻止『軍團』」。

對於目前的「軍團」來說，最優先任務是搜索失落的最高號令者。「軍團」是用來代替兵卒、士官與下級軍官的兵器，本來應該無法在無人指揮的狀態下——經年累月地戰鬥。

聽從這項初始指令，同時作為瑟琳．比爾肯鮑姆的亡靈，不願坐視祖國與人類滅亡的自己被排除在外。

現行「軍團」的統括網路中樞——「牧羊人」們正在嘗試運用所有理論與行動，來迴避這項初始指令。不是以「軍團」的身分，是為了實現「它們自己的願望」。

即使淪為「軍團」，仍然想實現自己還是人類而不是「軍團」時的願望——死了以後，仍然繼續追求它們未了的心願。

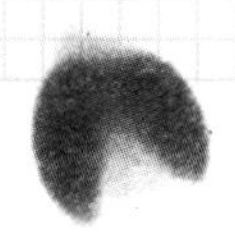

[EIGHTY SIX]

At the Republican Calendar of 368.8.26.
Less than one hour has passed
since the "First Great Offensive".
In the San Magnolia's capital, Liberté et Égalité.

共和曆三六八年
八月二十六日「大規模攻勢」後不到一小時

貝爾特艾德埃卡利特

Judgment Day.
The hatred runs
deeper.

蕾娜將發射代碼敲進附近一帶的迫擊砲系統，用猛烈砲火清除地雷陣，再輸入鐵幕的閘門開放代碼。結束這些不過是一介指揮管制官的蕾娜原本無從得知、無法採取的步驟時，從陸軍本部俯瞰的第一區已是夜深人靜。

這是革命祭之夜。很多人在祭典中玩累或是醉得不省人事，但即使如此，街上與廣場上準備逃跑的人群和車輛也還是太少了。就連通知鐵幕的崩塌與「軍團」的入侵——最終防衛線淪陷，共和國再無和平可言的緊急新聞，都還沒播出。

鄰接被攻破的北部要塞群，地處最外圍的第七十四區是生產工廠與發電廠林立的工業區。居民人數極少，即使有人逃出該區，憑著人類笨重的腳步也還不可能跑到鄰近的行政區。但為什麼收到最終防衛線淪陷報告的國軍本部以及它所屬的政府，到現在還不把淪陷消息通知各區，並做出避難指示？

她無言以對地咬住了發白的嘴唇。

不用想也知道……這是為了趁難民造成交通大塞車之前，先讓政府高官前往安全地帶避難。現在逃出來的都是比國內大眾優先收到通知，在軍方或政府有人脈的有力人士。

恐怕在第一區的——居民大多是白銀種兼前貴族階級——避難結束之前，第一區以外連像樣的避難指示都不會收到。

非戰鬥人員留在戰場上會阻礙一切作戰行動。這點對八六來說也是一樣。為了不引發無益的混亂且盡快讓更多民眾避難，蕾娜高速翻閱腦中名冊，想找出需要通知的地點，以及可以拜託處理此事的人士……

這時閃過大窗外面，不該出現在軍方司令部——而諷刺的是與這棟原為宮殿的奢華建物卻十分搭調的色彩，讓她倒抽一口氣轉頭去看。

「母親大人——？」

錯不了。讓高級轎車開到司令部正面急著下車，拈起禮服裙襬跑過幾何圖案左右對稱的庭園之間，一直線沿著大理石石階跑上來的，正是跟不上時代地穿著一身禮服的母親。

蕾娜急忙跑下階梯，前往入口大廳。她一下樓來到打磨得光亮如鏡的白色石砌大廳，母親立刻撲過來撞上她。

「蕾娜，我們快逃！」

她的面容驚恐地扭曲。雖說是禮服，但也只是剪裁與布料都寬鬆得不適合外出的家居服，沒做頭髮也沒施脂粉，一反母親平時作風的模樣，一眼就能看出是急著趕來。

「傑洛姆聯絡我了。他說『軍團』——那些可恨的自動機械，攻破了鐵幕！」

蕾娜一聽，竟差點熱淚盈眶。

卡爾修達爾……那個坐視國家對八六的迫害，但也看透了共和國的本性，過去只是因循苟且地沉浸在絕望中的「叔父大人」……

至少——還有把她母親的安危放在心上？

不只是給予蕾娜多餘時間……

蕾娜擺脫感傷與淚水，回答了。

對，既然他為自己留下了這些……

「是的。所以，請母親大人您快逃。家裡的人，您也都帶出來了吧？請您帶著大家，盡可能往南方逃。我之後一定會去找您的。」

「蕾娜，妳這話是……」

「我已經請八六們答應幫助我了。我將率領他們，迎戰『軍團』。身為管制官，我會指揮大家作戰——……」

「不可以！」

與慘叫無異的尖叫聲打斷了這番話。蕾娜吃了一驚，閉上嘴巴。

母親用沒力氣的雙手抓住蕾娜的肩膀，急著爭辯。就像一位母親看到孩子快要摔下懸崖，用缺乏力氣的雙臂拚命抓住孩子的手想把他拉回來。

「不可以，蕾娜！妳不可以去打仗，妳要是上戰場會送命的。當軍人會害死妳的，就像瓦茲拉夫一樣——就像妳父親跑去戰場，結果一去不返一樣！」

蕾娜心頭一驚，回望著母親。

妳也差不多該退役了。

這話，母親不知講過多少遍——蕾娜心裡總是認定她看不清現實，沒把這話當一回事；卻在這一刻終於理解了這話的真正含意。

她這才發現自己才是沒認清——母親一直看在眼裡的，蕾娜的父親死亡的「現實」。

「好嗎，蕾娜？所以妳不能再繼續從軍了。比起這種事，妳更該做的是獲得幸福。只有妳，千萬不能像瓦茲拉夫那樣死掉。聽我說，妳必須幸福，無論如何都該過得幸福——……！」

「……」

蕾娜用力咬緊牙關。她懂，但她必須辜負這份心意。必須辜負如此為自己著想的——母親的心意。

大概是跟在母親後面過來了，司機探頭看看她們，蕾娜招手請他過來。她推開母親的肩膀，把母親交給司機照顧。

「謝謝您，母親大人。可是，在那之前，我得先努力活下去——我必須……必須由我來戰鬥。不戰鬥，就無法生存。這就是目前的狀況。」

蕾娜轉身就走。憑著一股意志力，甩開了母親伸過來的手。

司機體察了蕾娜的意思，抓住母親不讓她追過去。只有慘叫般的聲音，在含淚咬牙的蕾娜背後緊追不捨。

「蕾娜！不可以，妳快回來啊，蕾娜——……！」

這就是蕾娜與母親的最後一段對話。

日後唯一存活下來的女僕告訴她，夫人挺身保護一個將要被可恨戰車型踩死的小孩，代替那小孩死在了它的腳下。

D-DAY PLUS ELEVEN.

At the Celestial year of 2150.10.12
The Astronomical Twilight.

DIES PASSIONIS

星曆二一五〇年　十月十二日
D+11日
第一曙暮時刻

The number is the land which isn't
admitted in the country.
And they're also boys and girls
from the land.

機動打擊群沿著連接聯邦貝勒德法戴爾市與共和國舊冬青市，長四百公里的高速鐵路軌道，讓防衛部隊細長地散開。

這兩條在高速鐵路南北兩邊如細線般綿延的防衛線戰力，他們現在一邊像是捲線一般回收，一邊在通往聯邦的撤退路線上馬不停蹄。

軍隊的前進與後退以交互躍進為基本。趁著最尾端的留置部隊停在原處繼續戰鬥、阻擋敵軍追擊之時，採取撤退行動的部隊退到既定位置。待友軍部隊後退完畢後，接著換留置部隊後退，替換到最尾端的另一部隊作為留置部隊，接手對抗敵軍追擊部隊。後退完預定距離的部隊與維持防衛線的部隊會合，確保撤退路線安全直到後續部隊完成撤退。

必須第一個後退的後方支援部隊、腳程較慢的步兵部隊皆已送返聯邦支配區域內，這次的撤退行動只剩下腳程較快的「女武神」與設計成它的隨行機種的「清道夫」。為了給防衛線提供夠大火力而留置於重要地點的少數「破壞之杖」也依序與本隊會合或是進行接應，用值得讚賞的速度與順暢度，步步完成這場秋夜的撤退之行。

包括蕾娜在內的各機甲群作戰指揮官以及參謀們完成了他們的使命。

他們整理並詳查防衛線各處與各戰線的無數報告，當然也要和各群共享，經細部調整之後下達新的指示。接到作戰變更通知，即使正值深夜時分照樣起床的維克與芙蕾德利嘉對情報的詳查與共享提供協助，並接下撤退路線四周的索敵輔助工作。身懷異能的芙蕾德利嘉自然另當別論，蕾娜在接收報告的空檔得知，其他情報相關的支援工作考慮到作戰行動可能曠日引久，柴夏與奧利維亞也在待命充當輪班人員，並告訴她不用顧慮他們累不累，有事儘管使喚。

讓重量極重的機甲兵器疾速奔馳或是戰鬥過後，當然也需要進行補給。他們讓各戰隊輪班退後到防衛線內側，由「清道夫」補給能源匣或彈藥等等，並且讓處理終端最起碼有時間用餐休息。人員必須調整這個順序，做好完善規畫以避免造成任何延遲或遺漏；好讓足足長達四百公里的厚實防衛線，以及機動打擊群的數千架「女武神」能夠如同一個巨大的生命體般正確運作。

所幸「軍團」主力仍在聯邦以及聯合王國等戰線陷入膠著，能夠調回來阻止機動打擊群進行撤退的敵方部隊不多。「女武神」除了近距獵兵型(Grauwolf)以外都能遠遠拋下的速度也讓他們擺脫了共和國周圍的「軍團」部隊。

最值得慶幸的是，難民搭乘的最後一班列車行進中沒有受到妨礙。

聽說在起火燃燒狀態下先行出發的列車已勉強抵達聯邦，鐵軌也沒損壞分毫。儘管最終班次由於載客量超乎預定計畫而不得不降低車速，但也夠跟「女武神」一同撤退了。

至少，要設法讓他們逃走，希望所有人都能平安。蕾娜仰望著逐漸開始泛白變亮的微明天空，如此心想。

†

『——你們以為……』

『我們會坐視你們逃出我們的手掌心……』

透過警戒管制型的眼睛從遙遠高空追蹤確認部分白豬丟下同胞，正在展開丟臉難看的逃亡之旅，「牧羊人」們低聲呢喃。

在歸它們指揮的「軍團」擠滿各處的第八十三區，從冬青市總站前廣場的鋪石地裂縫長出了一朵開花的百合。

大概是從哪裡飛來了種子吧。經過剛才那場混亂與殺戮，這朵花似乎好運撿回了一命，沒被踩扁或燒掉。發揮野花的特色，短莖與小花跟溫室培養的百合根本不能比，卻確實依偎在重戰車型活像凶器的腿部旁邊，拘謹地彎著花萼。

任由雪白光滑的花瓣被剛才那場殺戮的鮮血玷汙。

簡直就像以純白為傲的聖女，實際上卻為了自己犯下的罪過與傲慢而羞於見人。

難道我們會坐視你們這種人……

坐視你們這些以純白為傲，實際上卻是可憎罪人的白豬逃走……

坐視你們這些同樣身為八六，分明同樣身為八六卻袒護包庇白豬，假裝忘記自己滿身都是同胞的血汙，苟延殘喘的昔日同胞的行徑……

『你們以為我們八六——會容忍這種行為嗎？』

†

「……啊啊……」

嘆息脫口而出。蕾娜茫然地看著那種場面。

她已經聽負責防衛這個戰區的第四機甲群的作戰指揮官報告過，所以早有「心理準備」，但是……

作為撤退路線的高速鐵路周圍塞滿了人群。

那些人綿延目測約莫五百公尺的距離，零星而拉長著分散。這些原本搭乘最後一班避難列車——一九二號列車的共和國國民，無處容身地組成十幾人到幾十人的集團，好像不知所措地呆站原地。

本來應該將他們送走的高速鐵路軌道，從列車停車位置的前方十幾公尺到幾公里外的地平線另一頭，放眼望去全被轟炸得了無痕跡。根據報告指出，前方還有足足數十公里的廣範圍鐵路被炸斷。

手段是砲擊。

「長距離砲兵型——來到這裡了……！」

離聯邦支配區域剩下不到五十公里，明明只差一點就能抵達了。

以目前狀況來說，靠近聯邦支配區域反而帶來了壞處。在「軍團」與聯邦軍的戰力旗鼓相當、陷入膠著的最前線附近滿是「軍團」的部隊。如果是敵方部隊數量零散的支配區域深處，還有辦法捕捉「軍團」發動攻擊的徵兆先發制人；但在最前線附近卻會受到濃密部署的敵方部隊所阻撓，增加這麼做的困難度。

再加上辛的異能雖能掌握「軍團」的位置與數量，但不能分辨兵種。與聯邦對陣的軍單位規模「軍團」，由多達十萬以上機體組成的後勤部隊後方蠢蠢欲動的部隊，究竟是用來突破戰線的機甲部隊還是砲兵，實在難以正確推測。更不可能去判斷這些砲兵的瞄準目標是正面的聯邦軍防衛線，還是側面的機動打擊群撤退路線。

而無導引的榴彈砲彈，一旦發射就絕不可能擊落。

作戰指揮官與總隊長翠雨都顯得很懊惱，但這並非第四機甲群的過失。對於可能是砲兵且位置足以構成威脅的敵方部隊，他們當然有加以戒備；當遠在七十公里外與聯邦軍砲兵師團展開砲戰的長距離砲兵型突如其來地集中砲轟第四機甲群的防衛區域時，他們也有讓各戰隊散開，將損害壓抑在最小程度……

只是，不可能挪動位置加上鋪設範圍長達數十公里，易攻難守的鐵路軌道就沒能守住了。

一五五毫米榴彈，是能夠藉由爆轟與高速砲彈片殺傷半徑四十五公尺廣大範圍的武器。儘管遇上戰車裝甲時效果難免有限，其傲人的威力仍然能夠一擊炸壞不夠堅固的水泥牆或陣地。沒有遮蔽物，直接鋪設於野地，脆弱而細長的鋼鐵軌條自然是不堪一擊。

辛遠望被大口徑榴彈一直線犁平到遙遠彼方的地面，看見彎曲變形的大量鋼筋像是零散生長的灌木般扎在避難路線上，毫不隱藏流露出的苦澀說道：

「我想它們應該是早就等著我們過來……從七十公里外不經試射就對長達幾十公里的鐵路軌道開砲，全數命中卻沒對避難列車造成損害。」

「是的。」

蕾娜強忍住內心湧起的戰慄，點點頭。

對，被破壞的只有鐵軌。只能在鐵路上移動，除了調整速度之外不具備躲避能力的列車竟然沒有蒙受損害。沒被直接擊中不用說，甚至沒有因為煞車不及而脫軌。

也就是說敵軍是帶著遊刃有餘的態度，只準確地破壞了鐵路。正如同辛所說的，連試射也沒有——以事先充分收集的射擊資料為依據，特地用上可延伸射程的底排彈遠從七十公里外發動砲擊。

而且讓無數的「軍團」混入最前線好讓機動打擊群窮於應對，為了這個目的還故意放任他們撤退到聯邦支配區域的正前方……甚至很有可能用上了高空觀測計算時機，炸斷從這裡到聯邦支配區域附近的幾十公里長鐵路，以防聯邦再派出其他列車。

做到這種地步……

「準備能讓射程延伸三十公里的底排彈，為了不讓攻擊徵兆被察知，還跟聯邦本隊進行砲戰到最後一刻，而且很可能特地進行了觀測好讓砲彈可以避開列車……假如它們不惜付出這麼多的勞力，卻只是為了活生生困住共和國人……」

果不其然，她轉頭一看，辛表情苦澀地點了點頭。

「——是啊。就在現在，共和國周圍的部分『軍團』有了動靜。總數一萬出頭，從進軍速度來看應該是由近距獵兵型做前鋒，後方則是以戰車型或重戰車型為主體的機甲部隊。如同機動打擊群走過的路線，正沿著高速鐵路的軌道直線追擊過來。」

「！……」

蕾娜用力咬緊了牙關。

徒步的進軍速度，平均時速為四公里。

以經過訓練的軍人來說似乎有點慢，但事實上這個速度，卻是從漫長的步兵歷史推算出的最有效率的進軍速度。走路快過這個速度會加重疲勞，最後能走的距離反而變短。換算成一天大約三十公里，即使是花費更長時間進行的強行軍也不過四十公里程度，就是徒步行軍一天能走的距離上限了。

雖說是揹著重達數十公斤的裝備行走，即使是經過訓練，紀律嚴明的軍人都只有時速四公里的腳程。

如果是未經行進訓練，平常都是開車或搭火車，因此甚至不習慣走路的民眾，速度會更慢。現在幸好有同乘列車的憲兵及司令部人員努力帶隊，民眾都留在原地沒有到處亂跑，但仍然是毫無紀律可言，以數千人構成的大型集團。誰也不知道要花多少時間才能組成隊伍開始上路。

更別說群眾當中還有腿腳軟弱的老人與小孩，就算是健康的年輕男女，這十幾年來走的都是八十五行政區內經過鋪修的路面，恐怕從來沒走過什麼無路通行的荒野。就算只是要他們今天走上幾小時的路，可能都有困難。更何況因為沒設想過長途跋涉的需求，眼下很多人穿的鞋子也不適合走路。

受到最高時速高於兩百公里，腳程之快僅次於高機動型的近距獵兵型追擊，想也知道不可能逃得了。轉眼間就會被追上，陷入與冬青市總站同樣的恐慌與殺戮場面。

無論是自己要逃走不成問題的「女武神」，還是在平地地形對付只有近距獵兵型單一結構的隊伍絕不會落敗的「破壞之杖」，也都會因為帶著難民而被拖延腳步、綁手綁腳……

一瞬間，蕾娜不慎有了一個念頭。

蕾娜知道在她身旁的辛恐怕也想到了同一個結論，目光閃爍不敢看她。

機動打擊群，與救援派遣軍……這些以知覺同步保持聯繫的指揮官之間，落下了令人發冷的沉默。

所有人都在斟酌那個可能性。

身為握有眾多部下性命，為此負責的指揮官，不能不去斟酌。

為了至少讓聯邦軍人回國，是否該拋下礙手礙腳的共和國國民？

聯邦軍的指揮官與幕僚都考慮了這個問題。

真要說起來，他們只能在可能的範圍內幫助共和國國民避難。聯邦軍人沒有義務為了拯救共和國人，要求部下犧牲。

蕾娜考慮了這個問題。

她不能為了拯救共和國人，造成聯邦軍人的傷亡。更不能命令八六為了共和國人犧牲性命。

辛與八六們都考慮了這個問題。

他們並不想為了拯救共和國人，弄到自己與同袍犧牲性命。他們是聯邦軍人，所以也早就沒有義務拯救那些人。

所以——

他們竟不禁……

考慮了那個選擇。

就算在這裡對共和國國民見死不救……

不也是——「不得已」的嗎？

冷冷的輕聲嘆息打破了一時占據知覺同步的沉默。

『——這還需要考慮嗎？』

這個彷彿鋼鐵互相敲擊，質地堅硬而低沉的嗓音，來自救援派遣軍司令官理查・亞納少將。軍階在蕾娜與機動打擊群旅團長葛蕾蒂之上。是現場擁有最高指揮權，背負最大責任的指揮官。

蕾娜忍不住開口了。

儘管大聲主張應該見死不救的意志，或是敢於尋求相反意見的決心都還不夠堅定。

「理查少將……」

『副長，你來指揮救援派遣軍後退。維契爾上校，機動打擊群後退的總指揮繼續由妳負責——攔截「軍團」的任務交給我與本部分隊聯隊。你們趁這段時間帶共和國人去聯邦避難。』

「……！」

蕾娜不由得倒抽一口氣。辛也在她身旁睜大雙眼，知覺同步另一頭的總隊長們紛紛傳出呼吸困難的氣息。

相較之下，葛蕾蒂只是淡然回應。

聲調彷彿早已料到，彷彿早有心理準備般平靜，但也隱約透露出沉痛的心情。

『只靠一個聯隊擔任殿軍，爭取足夠時間讓徒步民眾撤退，等於是敢死隊——你打算用這種方式引咎自責是吧，少將？』

『身為軍人總不能貪生怕死，丟下老百姓自己逃走吧。誰叫我們聯邦是正義的國度呢？』

正義的國度。

他說的不只是聯邦揭櫫的「秉持正義」這項國是。

『我國救出遭受祖國迫害的眾多少年兵，與這些少年一同解救外國的危難。就連共和國這個迫害者，我國都提供支援並給予改過向善的機會，費盡千辛萬苦才建立起這個正義的美名。不能為了這種事情，損害能讓聯邦千秋萬世受惠的名聲。更不要說共和國本來都已經成了惡勢力，萬一讓他們得到無人眷顧的被害者這個頭銜，或是拿遭到聯邦見死不救當籌碼，對聯邦的未來都會形成阻礙。』

「您是說，為了戰後的外交……？」

蕾娜忍不住低喃道。理查用鼻子哼了一聲。

『就是這麼回事。算妳運氣不好，米利傑上校。這對共和國來說也許本來還是個好機會。』

聯邦不願讓出正義的寶座，不會讓別人從他們收留作為悲情族群的八六身上搶走悲劇的頭銜，也不讓自曝醜態淪為千夫所指的惡徒的共和國有機會洗刷他們的惡名。

「…………」

『儘管很遺憾地沒能救到所有國民，但畢竟是全國數百萬的民眾，任誰來看都會覺得是強人所難的要求吧。為了拯救極少數的倖存者，聯邦的一個聯隊慷慨捐軀——這點程度的悲劇就夠抹除瑕疵了。』

所以，才說是引咎自責——……

從本部聯隊的隊伍大約中間位置，理查代替指揮車駕駛的「破壞之杖」開始調頭。作為派遣軍司令官應盡的責任，也為了替火力較差的「女武神」提供一二〇毫米砲的強大火力支援，救援派遣軍本部聯隊原本走在派遣軍的最尾端。由一百餘架機體組成的隊伍，此時帶著「破壞之杖」特有的沉重足音與地鳴開始調轉方向。

為了避免妨礙後續部隊前進，他們往左右兩邊轉向沿原路折返。整齊劃一的漂亮動作，宛如受到外界刺激而一齊轉身的魚群。

隊伍由東向西前進的同時，讓行軍用的縱隊散開變成迎擊用的橫隊，又分散成戰隊與小隊繼續前進。

為的是尋找能夠僅以一個聯隊，迎擊正在步步進逼的「軍團」追擊部隊一萬大軍的地勢。

『告訴妳一件事吧，米利傑上校。因為那邊那個維契爾上校並不擅長這方面的政治手段——軍隊與軍人，都是政治工具，根本意義並不在於殺敵。我不知道妳究竟是共和國的工具，還是為了八六存在、名為女王的棋子。只是妳必須為了妳的歸屬，運用妳的才能與勝利爭取利益。』

「我……」

『你們八六也一樣。你們是聯邦軍的一分子，是聯邦的政治棋子。我不會叫你們只為了這一件事而活，但是身為軍人的時候就該為此賣力。戰鬥到底之後赴死如歸，這種個人主義的戰鬥已經不是你們能擁有的了。你們要是一不小心全軍覆沒，傷腦筋的是聯邦——不准再打那種急著尋死的仗。』

辛心中一驚，抬起頭來——你們是外交工具兼政治宣傳部隊，聯邦不能讓你們送死。曾經被送去當過敢死隊的他，正確地聽出了這番彷彿只是利用他人的話語當中暗藏的真意。

不准全軍覆沒，不准急著尋死。意思不過是……

叫他們活下來。

『還有一件事情。米利傑上校，以及你們八六，你們非到不得已，不能對共和國的人們見死不救。』

「這……」

『你們剛才想丟下他們不管對吧？拿軍人與指揮官的責任當藉口——算了吧。用自己也知道不平衡的天秤去秤人命的重量，會讓你們背負罪惡感。身為八六，不要為了共和國人去背負那種東西。』

如果你們並不恨共和國國民，但也絕不可能尊重他們……

如果你們把共和國國民的性命價值看得比你們自己或聯邦軍人低；如果對此有自覺……

正因為你們對此有所自覺……

更不能見死不救——以免你們錯當成報仇，卻一輩子背負不用背負的罪惡感。

『秉持正義是聯邦軍人的驕傲。你們八六則是把生為人類當成驕傲，對吧？那你們就得這樣行動。既然當初沒有選擇復仇，以後也不要選擇。不要讓那些傢伙，妨礙你們好好過完一輩子——維契爾上校。』

最後，理查再次對葛蕾蒂說了。

葛蕾蒂簡短地點了個頭。

『你說。』

『妳說過既然收留了八六，守護他們的尊嚴就是我們的責任。那麼妳必須說到做到。今後，所有的殘忍、冷酷與無情，都由妳來背負。』

如果理查等人的殿軍力有未逮敗給了「軍團」，迫使他們必須丟下共和國人，或者是為了不丟下共和國人，必須要求救援派遣軍付出更多犧牲……

這項決斷必須由葛蕾蒂來做，而不是蕾娜或八六。

今後也是。

如果有一天必須對戰友見死不救、保護不了一般民眾，或是必須以犧牲為前提制定作戰，戰局惡化所導致的一切殘忍、冷酷與無情的決斷都交由她，以旅團長的身分做決定。

為她當著自己的面撂話說聯邦必須有責任心，不該棄八六於不顧負起責任。

『既然妳說他們還是孩子——那麼至少妳得提供這點庇護。』

葛蕾蒂短暫停頓了片刻，彷彿在闔眼沉思。

然後她回答了。

語氣並不開朗，但也不爭強好勝。

『當然了，學長……所以……』

他們的事情——今後的一切。

所有事情，任何一件事情……

『你都別擔心。』

雖說本部分隊的聯隊志願殿後，既然士兵人數大幅劣於「軍團」追擊部隊，他們當然不能以消滅敵軍為目標。不如說最多也只能採取阻滯作戰，亦即且戰且走，妨礙並拖延敵方進軍的戰術行動。

由於反覆後撤需要夠長的距離，殿軍聯隊必須盡可能沿原路返回，離難民與機動打擊群越遠越好。

同樣地，為了提供殿軍能夠後退的距離，好讓他們盡量爭取到更多時間，機動打擊群也必須帶著難民，用最快速度往聯邦支配區域前進。

『——向本隊要求的運輸卡車，已經勉強湊到所需數量了。我請他們一準備好就上路，在那之前我們也得多走點距離才行。』

葛蕾蒂向聯邦西方方面軍本隊報告過狀況，安排好前來接走徒步難民的代步工具，把事情都打理妥當後做出指示。

蕾娜跟之前一樣坐進莎奇的「女巫貓」的追加座位，透過知覺同步傾聽她的聲音。處理終端自不待言，用追加座位共乘「女武神」的管制官與指揮官也都早已坐進駕駛艙，維持著靜默的緊張感等待出發。

『第四機甲群繼續維持防衛線，第三機甲群與第四機甲群會合強化防衛線。第二機甲群戒備後方情形。』

『收到。』

各自呆站原地的難民由憲兵或工兵分成幾組統整起來，組成臨時隊伍。機動打擊群第四機甲群原本就在鄰近聯邦支配區域的這附近負責建構防衛線；為了與他們會合，第三機甲群與其餘「破壞之杖」開始移動。

『第一機甲群——米利傑上校與諾贊上尉等人負責護衛難民隊伍。你們帶他們所有人走到與運輸卡車的會合地點，不要讓隊伍四散，也不能有所耽擱。」

「是，我明白了，維契爾上校。」

指揮官當中唯一親自駕駛「女武神」的葛蕾蒂，從座機透過資訊鏈與大家共享預定會合地點以及預定抵達時間。蕾娜瞥一眼顯示在全像子視窗的這些資訊，點了個頭。預定行軍距離為十七公里，預定到達時刻為五小時後。

接著，請憲兵緊急清點的在場難民人數，以及所有隨行「清道夫」的物資殘量也顯示在另一個視窗上。這次作戰原本預定為期三天，彈藥與能源匣，還有糧食與水都還十分充足。

她立刻在全像視窗上製作暫定分配表，然後切換知覺同步的對象下令：

「機動打擊群，第一機甲群——請重新開始撤退。」

接著換成「女武神」到處走動，用外部揚聲器將重新開始撤退的指令告訴難民。難民的第一個集團在他們催促下，開始了缺乏經驗的長途跋涉。

為了維持穩定步調，幾個兼任直衛人員的戰隊分散在集團周圍與他們隨行。有著磨亮的白骨色澤的機甲，在旭日未昇的黎明微光中匍匐前進的模樣猶如妖魔鬼怪，民眾嚇得縮起身子互相依偎，彷彿感受到無言的壓力般邁步前進。

集團最尾端的幾人開始動身，幾架「女武神」去保護他們背後，然後換下一個戰隊站起來。

『差不多可以了吧——那麼第二集團，要出發嘍。』

話雖如此，畢竟是由數千名一般民眾組成的集團。

最後一個集團開始動身時，天上星光已經隱去了一半，從黎明的藏青逐漸轉變為天色未明的含紫深藍，整個世界被暈染成透明微暗的藍色。

集團由先鋒戰隊負責護衛。蕾娜以及她所搭乘的「女巫貓」也以作戰指揮官的身分排在最尾端與他們同行，並由西汀指揮布里希嘉曼戰隊散布於四周。

在宛如冰涼藍色剛玉（藍寶石）的夜色中，與鬼群無異的人影以及骨白色的無頭骷髏集團慢步前進。

不久，從後面的西方天際響起遠雷般的轟隆砲聲。

這表示殿軍與「軍團」追擊部隊終於產生接觸，開啟了戰端。殿軍與難民各自前進，目前拉開了不小的距離，但一二〇毫米戰車砲的激烈砲聲卻直接飛越這段距離尖銳地轟鳴。簡直就像那些鐵青色的殺戮者就在附近，隨時可以越過地平線追上他們。

在長年戰鬥經歷中聽慣了砲聲，也早已接到遇敵報告的「女武神」不受動搖，但難民們全都嚇得噤若寒蟬，眼睛轉向該處。有一個人以為「軍團」就要來了，反射性地把視線與腳尖轉向隊

伍之外想逃跑……

霎時間，立刻來了一架無頭白骨擋到他面前。

「噫……」

『請勿擅自離隊。』

外部揚聲器傳出低聲警告——只要有一個人跑開，其他人也會被影響。要是整個集團開始失控，就控制不住了。必須在那之前踩下煞車。

「可……可是，我聽到槍聲了。『軍團』就在附近……！」

『還很遠。想逃走的話就繼續前進。你一個人擅自逃跑沒用，我們保護不了這種人。』

「——畢竟是八六嘛。」

畢竟你們是八六嘛。

集團當中有人說話了。講得故意讓人聽見，但是躲在人群裡不屑地說。

其實根本就不想保護我們共和國國民嘛。

反正你們一定對我們懷恨在心，恨之入骨吧。所以才會這樣。

那種語氣聽起來像是自知招人怨恨、厭惡，卻反而對此顯得不諒解與憤慨。好像絲毫不覺得自己活該招人怨恨，是對方在顛倒是非。

「女武神」無動於衷。

『對，沒錯。所以我再說一遍，不准輕舉妄動。就像你說的，我是八六。我幫助你們只是公事公辦。任何人擅自離隊，我就不管了。』

所以——

如果你們想自己保護自己，那就更應該……

『閉嘴走你們的路。』

「——也是啦，當然會有不愉快或不滿意的聲音了。不只是我們，那些共和國人也是。」

看來雖然無動於衷，但當然也開心不到哪裡去。聽到克勞德關閉外部揚聲器後嘖了好大一聲，萊登在「狼人」裡嘟噥。

身為戰隊長兼第一機甲群總隊長的辛，在這次作戰中以索敵為優先，不會做太細微的指揮。於是副長萊登就代替他收到了大大小小的報告。不光是先鋒戰隊，其他戰隊的隊長級人員也會向他報告。

與前面幾個集團並排行走的呂卡翁戰隊人員滿陽，與他連上了知覺同步。

『修迦副長，有人提出希望能讓小孩子坐進「清道夫」的空貨艙。抱著小孩子的媽媽，看起來的確是很辛苦……』

「喔……」

萊登稍微想了想，搖搖頭。

「不，不行，滿陽。這樣會沒完沒了——到時候就會有人說為什麼她的孩子可以，我的孩子就不能坐，或是既然小孩子可以，那老人家也要，甚至乾脆要我們放下彈藥，讓所有人都坐上去，要求越來越多。現在沒時間為了這種事情起爭執。」

『噢……說得也是，收到。再說在補給彈藥什麼的時候，附近有小孩子在也很危險嘛。』

「話是這麼說，差不多也該從第一集團開始稍事休息了。」

從電子文件投影裝置的時鐘確認現在時刻後，蕾娜如此告訴大家。從第一集團出發到現在，已經快一個小時了。應該在這時候讓大家做第一次休息。

她視線動了動，看到抱著哭鬧的幼兒一臉疲倦地往前走的不是父母親，只是個十歲出頭的小男孩。不知道是跟爸媽走散了只剩下這對兄弟，還是說根本連兄弟都不是。

儘管這趟路程必須趕路，若是累到動不了就本末倒置了。

「再說，我們才是從昨晚忙到現在，還要走四小時才能跟運輸隊會合。就算只有零碎時間也得多休息才行……行軍中如果可以，也要輪班卸下警衛工作。還有，到目前為止有服用過處方藥減輕疲勞的處理終端，請主動告知。」

作戰本來預定為期三天，補給物資綽綽有餘。

他們把寶特瓶裝飲用水與軍用口糧發給所有難民，經過十分鐘的休息，隊伍再次開始前進。

才十分鐘……？一度獲准坐下的民眾顯得略有微詞，不過周圍同樣休息過了的「女武神」不予理會，說走就走。

看到他們宣布小休息結束準備出發後連問都不問一聲就直接走人，怕被拋下的民眾急忙站起來。

難民與「女武神」的隊伍繼續前進。

繼續前進。隨著時間與距離拉長，不習慣走路的雙腳逐漸累積疲勞。由於累到拖著雙腳走路的關係，開始不斷有人被雜草、石塊或地面凹洞絆到摔倒。小孩子以及老人不用說，就連健康的大人也不例外。

「女武神」側眼看著這些狀況向前行進，或是持續警戒遠處情形。

只有在和難民一樣每隔一小時稍微休息一次或警戒任務輪班休息時，形似棺材的駕駛艙座艙罩才會打開。也許是防範有人搶奪座機，隨時都有一個人突擊步槍不離手；民眾懷恨地瞪著這些仰頭灌水，默默地把熱都沒熱過的軍用口糧往嘴裡扒的少年兵，但八六們完全不放在心上。

大概是看他們駕駛機甲就以為他們比較輕鬆，其實完全沒這回事。運氣好的人是從半夜開

始，運氣不好的已經值勤了將近一天沒時間消除疲勞，還得保護腳程慢的非戰鬥人員在敵區裡行軍。無論是提防「軍團」來襲還是維持行進速度都需要耗費心力。如果不趁能休息的時候休息，別想撐過最快也得再走幾小時的行軍。

座艙罩關上，眾人聽從指示繼續行進。

八六不跟民眾說話，民眾也沒那膽量大聲抱怨。

只有帶著怨氣的眼光朝向八六，八六徹底對此視若無睹，言語與視線都沒有交集的沉默時刻再次結束。

殿軍的戰鬥狀況，身懷異能可以看見熟識者現況的芙蕾德利嘉能夠確認得最清楚。關於率領殿軍的理查·亞納少將，芙蕾德利嘉作為機動打擊群的吉祥物……作為受到聯邦軍拘禁的女帝奧古斯塔，知道他是誰。

擁有「軍團」定位異能的辛也能夠從追擊部隊的部署方式反向推算出殿軍的戰局。但是芙蕾德利嘉認為他已經一邊戒備周圍幾百公里範圍一邊前進，還要掌握殿軍的狀況，負擔就太重了。最重要的是，辛已經被命令不可做出冷血的決斷，她不想讓辛看到被迫做出那種決斷的殿軍敗亡的模樣。

戰端開啟至今已經過了一段時間，然而殿軍與「軍團」追擊部隊互相啃食的戰場位置，從戰鬥開始到現在幾乎沒有移動。即使是對作戰與戰鬥依然生疏的芙蕾德利嘉，也知道這表示殿軍正在力戰敵軍。本來只要爭取撤退的時間就夠了，然而他們不白白消耗兵力但也不無益地後退，只是勇猛而果敢地貫徹戰鬥到底的意志。

而且深知他們最後必將全軍覆沒。

「了不起，亞納。還有……抱歉了。」

隊伍繼續前進。太陽已完全昇起。

新生的金色光線照耀天空，清冽的陽光普照大地，平等地灑落在萬物之上。

在這個早晨，天地萬物都在光芒之中甦醒。

在這個早晨，透明的金色光粒充滿空氣之中。

秋季百花在晶亮朝露的滋潤下清新地打開花瓣，涼風經過一夜的寂靜沉澱，運送花朵純淨的香氣。甦醒的森林樹木與原野花草在早晨薄霧中呼吸，鳥群小巧的身體得到溫暖，迫不及待地為一天的開始吟唱歡喜之歌。

在這滿滿的祝福與歡喜之中，共和國國民沉默地繼續往前走。

多麼美麗的秋日早晨啊。

清涼的風，與和煦溫暖的陽光，都在這美麗的早晨撫慰疼痛的雙腳，慰勞疲憊的眾人。

正因為如此，這場敗逃才顯得更為可悲。

儘管絕對沒有要求強行軍的速度，隊伍除了中間幾次短暫休息，不知已經走了多少的路。滿山遍野盛開的百花爭奇鬥豔，卻也連連絆住走累了的雙腳。沒有道路且崎嶇不平的地面折磨著他們不習慣走路的腳，不管走多久，看到的都是千篇一律的花朵、原野與天空構成的風景。蔚藍的天空晴朗遼闊，帶著這個季節特有的清明透澈，堪稱美景良辰。

所以，敗逃才更顯可悲。

眾人拖著雙腳，累得呻吟叫苦。帶著嬰幼兒的父母親抱著累到哭鬧撒嬌的孩子。民眾走得慢吞吞的，但周圍的「女武神」從不趕人。

甚至從不催促，只是包圍著民眾的行列，除了偶爾有機體駐足對四周做出警戒動作，其他人員都是沉默而專注地趕路。

既不趕人，也不催促。

因為他們既沒有那多餘力氣，也不需要盡什麼情義。聯邦軍與他們的軍人只負責保衛聯邦國土與國民，本來並沒有義務保護共和國國民。換成聯邦公民，他們有必要時甚至會用槍驅趕民眾，以保護人民為優先；但是對共和國國民就沒那個責任了。更不要說想也知道對共和國國民恨之入骨的八六。

這種態度，反而讓共和國國民感到更煎熬。

假如他們願意趕人，比方說用那門嚇人的戰車砲或機槍逼他們快走，心有不滿就變得很合理。哭喊著自己的難受與痛苦，內心怨恨對方對自己做出的殘忍行徑或是自我憐憫，都是正常的情緒反應。

如果那些人能用槍對著他們、驅趕他們，他們好歹還能把自己當成遭到愚頑暴君迫害，遵守正道的可憐殉教者。

本來應該可以的，偏偏聯邦軍人與八六都不肯幫他們一把。

不管如何哭泣叫苦或是訴說委屈，那些人頂多只會看他們一眼，連一句話都沒有。就像在說：如果你們不肯繼續走，被「軍團」抓到也不關我們的事。

又好像在說：不過如果你們想跟，那也無所謂。

總歸一句話，不在乎。那些八六，根本不理會他們的死活。

因為不在乎，所以要死要活都行。

是死是活，都無所謂。

這種漠不關心，八六們對他們甚至連恨意都沒有的漠不關心，令他們難以承受。

「——我受夠了！」

有人慘叫般地大吼了一句。一名走路搖搖晃晃的年輕女性終於不肯再走了。

周圍的銀色視線一齊朝向那名女性。

走在附近的一群「女武神」當場停步。無頭骷髏匍匐於地似的輪廓，彷彿某種惡兆。不祥之物。殘酷無情。

大概是再也忍不住了，女性淚流滿面卻擦也不擦，像小孩子一樣抽抽搭搭地說：

「我受不了了——再也……走不動了。我腳好痛，真的——走不動了。」

銀色的雙眸，全都盯著那名女性與停步的「女武神」。其中一架像是指揮官機的機體，赤紅的光學感應器朝向女性。它有著蜘蛛螯肢般的一對高周波刀，以扛著鐵鍬的無頭骷髏作為識別標誌。

民眾的視線集中注視女性與「女武神」。

有個聲音透過外部揚聲器說了。

是個年紀尚輕的少年的嗓音。

設定為眼動追蹤的八八毫米砲砲口，寂靜地對著站在視線前方的女性。

『——如果有人走散，我們沒有人力去救援。』

視線看向眼前已經疲累得有如徬徨幽魂、不成人形的民眾，辛淡然地告訴他們：

「如果有人走散，我們沒有人力去救援。」

他們沒那個義務去趕人。更何況八六絕對不需要講任何情面去給共和國國民加油打氣。

所以辛開口發出的聲音冷淡無情而漠不關心。

你們是死是活，我都無所謂。

都無所謂，所以都可以。

聲音當中如實地流露出這種想法。

假裝沒注意到光學感應器與砲口前方，女性雪影般的銀色雙眸，以及屏息圍觀的共和國國民深淺不同的銀瞳當中搖曳的一絲「期待」。

「因此稍事休息之後，請與附近的集團會合。」

聽到這句話，女性與周圍的共和國人全都愕然無言。

就只是秉公處理，毫無人情味的一句話。

但也是為了讓女性能再次上路，為了不讓她被丟下而給予的建議。

一個八六，竟然對他想必恨之入骨的共和國國民這樣說。

『隊伍人數夠多，即使所有人持續前進，一時之間也不會脫隊。有時間可以休息片刻。』

女性搖搖頭，大概是不敢置信吧。周圍內心偷偷帶著期待，屏息旁觀的共和國國民也是同樣的心情。

「——我走不動了……」

『只是，一旦停下來太久，會變得更累更走不動。請將休息時間控制在十分鐘內——我想不用我特別提醒，不過如果手邊沒有鐘錶，請默數六百秒，不要超過這個時間。』

「我走不動了——我說，我已經走不動了。我沒辦法再走了。」

『不用急著追上原本的組別。請跟附近其他人保持相同速度，維持一定步調行進。』

「我說——我走不動了。我都說我走不動了，把我丟下不就好了嗎！」

到最後那名女性索性尖聲大叫了。刺耳尖叫在高空四散，但「女武神」簡直無動於衷。

「你是八六對吧！你一定很恨我們吧！現在不是好機會嗎？把我們丟下不就好了嗎！直接說我們礙手礙腳不就好了嗎！但你們為什麼——！」

為什麼，連棄我們於不顧都不肯？

不像我們，棄你們於不顧。我們十一年前，已經棄你們於不顧了。你們大可用同一招對付我們，為什麼——不肯墮落得跟我們一樣悲慘？

慘叫般的叫聲被吹散在風中。

「女武神」不作答，只是扭頭轉開視線。

看到那個場面，達斯汀有股衝動想打開「射手座」的座艙罩。

他是共和國軍人。

身為聯邦軍人的辛沒有義務驅趕這些民眾。

更何況，辛也不能拿槍對著外國國民。

身為八六的辛已經如此自制，說出了本來沒必要說的忠告。既然這樣，現在應該由自己接手，揮鞭驅趕這些民眾。

這是身為共和國軍人的他該盡的職責。

他拿起自衛用的突擊步槍，伸手握住艙門把手。

就在這時……

「女巫貓——請打開座艙罩。」

命令下達，片刻之後「女武神」的座艙罩打開了。識別標誌為長有翅翼的貓，亦即莎奇駕駛的「女巫貓」。

是鮮血女王在這場作戰裡的御用座車。

蕾娜離開駕駛艙，降落到地面上。

光澤如綢緞的白銀長髮在陽光下流瀉。任由平靜的銀色雙眸在軍帽底下發亮，她站上了秋天的黎明戰場。

周圍的「女武神」不明白她的用意，也跟著停止前進。西汀的「獨眼巨人」似乎嚇了一跳，跟「送葬者」一起停在她的左右兩邊擔任護衛。

「射手座，你退下。讓我來。」

『上校，可是……』

「退下，少尉。這是身為上校的我應盡的職責。再說……你做得不會比我好。」

你也許能挺身面對全體國民滔滔雄辯，但還沒冷酷到能率領八六，成為身染鮮血的君王。

『……收到。』

達斯汀不情不願地回話，蕾娜點頭回應。

接著讓黑白兩架「女武神」隨侍左右，女王睥睨平民百姓。

頭戴軍服帽代替王冠，銀髮有如披風流瀉背後，身旁豎立突擊步槍作為權杖。

民眾一望向她，全都瞪大雙眼。每個人都忍不住問：為什麼？

她穿著共和國軍的女用深藍西裝外套軍服。壓低的軍服帽，配上共和國軍制式的突擊步槍。

為什麼從「女武神」裡出現的不是八六，而是共和國軍人？

為什麼共和國軍人不與徒步行進的他們同在，卻跟搭乘「女武神」的八六為伍？

為什麼他們走到腳痛，弄到狼狽萬狀也得忍耐，理應保護他們的共和國軍人卻舒舒服服地受到八六與「女武神」的保護？

「妳……」

「給我繼續走。」

有個人想上前質問，她僅用視線制止，毫不客氣地說。軍服帽底下的白銀眼瞳炯炯發光。

「『軍團』就要來了，給我繼續走——要休息可以，但是不准說什麼再也走不動了，或是把你們丟下就好這種撒嬌任性的話。」

「！……」

「你們如果知道自己正在接受救援，就不應該隨口叫人家把你們丟下。你們越是耍性子鬧脾氣，來救你們的聯邦軍人士遭受的損害就越大。最重要的是你們自己也會沒命。所以，你們給我繼續走。我沒有要你們走到斷腿，但是請盡量加快腳步。」

她面對瞪著自己的無數視線也毫無懼色，從頭到尾與群眾怒目相向。她拿起突擊步槍，宛如高舉權杖。

然後故意當著眾人的面，裝填了第一發子彈。

「我是共和國軍人，有義務保護你們的性命——與其讓你們脫隊丟掉性命，我很樂意拿槍對著你們逼你們走。」

她並沒有真的拿槍口對著群眾，周圍的「女武神」也沒有動作。即使如此，這個受到「女武神」與八六保護、纖纖弱質的少女軍官，仍然讓民眾大氣不敢喘一個。

有人從人牆的另一頭勉勉強強喊了一句：

「既然妳是共和國軍人！憑什麼妳……憑什麼只有妳能坐『女武神』啊！既然妳是軍人，就應該跟我們一起走路保護我們啊！」

蕾娜對此投以早就準備好的冷笑。

「我嗎？憑什麼？——我是聖女瑪格諾利亞……率領引導群眾革命的聖女再世。聖女的職責是引導並拯救羊群，不是與羊群同甘共苦。再說……」

她環顧軟弱無力的羊群，告訴他們。

背後跟隨著那些一言不發選擇默默旁觀的她可靠的部下兼值得信賴的戰友。

「我是率領八六的女王，鮮血女王。女王本來就該讓騎士牽著坐騎前行，不是嗎？」

「……！」

「送葬者，現在開始由你榮幸擔任我的坐騎。」

蕾娜徹底無視群眾不禁發出的不成語言的憤慨，視線朝向「送葬者」。

她指示駕駛員不用降低機頭打開座艙罩，直接抓住機體的外側。然後站到機師座艙的旁邊，手扶著八八毫米砲支撐身體。

宛如乘坐純白戰車，凱旋歸國的白銀戰爭女神。

辛透過知覺同步說了，語氣帶著責備。

『蕾娜，雖然附近沒有「軍團」，但妳這樣還是太危險了。請妳坐進駕駛艙。』

「請你就這樣移動到這個集團的前面，到時候我就會坐進駕駛艙——不用擔心，他們不敢在我搭乘『女武神』的時候拿石頭丟我的。」

辛似乎沒理她，對萊登還是誰做了指示。「狼人」與「獨眼巨人」移動到「送葬者」斜後方，介入難民隊伍與「送葬者」之間。在這樣的配置下，即使有難民看到蕾娜而趁她經過時丟石頭，兩架機體也可形成壁壘幫她擋掉。

先鋒戰隊各機散開準備移動，布里希嘉曼戰隊四散進行護衛，而「送葬者」靜悄悄地踏步前行。

看到本以為早就丟下國民逃走的共和國軍人現身，而且還搭乘八六駕駛的「女武神」對他們不屑一顧地直接走過，難民全都啞然無言地看著那張側臉，呆若木雞，最後疲憊不堪的臉孔怒形於色。儘管如同蕾娜所看穿的，似乎沒人有膽量拿東西丟她，但混雜於人潮的侮辱與謾罵仍然斷斷續續地傳來。

叛徒。

卑鄙。

簡直是專制獨裁。

小丫頭用美色勾引八六。

就像個妓女。

以為對方聽不到。或者，是存心讓她聽到。

走到集團前面的一路上讓群眾看夠了之後，蕾娜說到做到地坐進「送葬者」的駕駛艙——之後放著不管，群眾也會把閒言閒語傳播到其他集團去。

把率領八六，「迫害」他們的——可憎白銀魔女的事情說出去。

蕾娜請辛打開座艙罩，正準備嘿咻一聲坐進去，卻被辛順手抱過去直接放在駕駛艙裡。座艙罩立刻關閉上鎖。

暫時進入待機狀態的三面光學螢幕亮起，蕾娜在變亮的駕駛艙內抬起頭，看到辛心情顯然沒有很好。

「我早就看出那些傢伙等著人家拿槍驅趕他們，想假扮被迫害的悲劇人物。但有什麼必要讓他們稱心如意？而且還是蕾娜妳去……」

「有必要啊。像那樣煽動他們，可以暫時變成前進的力量。理查少將託付給我們的任務是讓他們死裡逃生，這是必要的手段。」

辛瞥了一眼光學螢幕。剛才那名站著不動的女性，有一名年紀相仿的女性跑去扶她。

一名青年去關心抱著兩個幼兒蹣跚前行的母親，幾乎是用硬搶的方式抱過其中一個往前走。

老人牽著似乎跟爸媽走散，哭哭啼啼的孩子的手，自己也咬緊牙關繼續走。

有個年輕人似乎弄傷了腳，一名女性似乎是他的女朋友，把肩膀借給他靠。

他們每個人都瞪著帶隊的「送葬者」，追在後面跟著走。

把他們對駕駛艙內的人的憤怒與憎惡轉化成驅動疲弊身體的燃料。

「……或許妳說得沒錯，但也不需要讓妳來做吧。像剛才那樣，妳就變成『壞人』了。有什麼必要做到那種地步……」

「沒錯。他們再也不會把我捧成聖女瑪格諾利亞再世了。」

辛不假思索地看了看蕾娜。

蕾娜抬頭看他，露出了微笑。

如同以前，你曾經說過的。

「我不會再扮演一臉悲壯的聖女了，因為我不想……我已經盡到身為共和國軍人的義務了。所以今後他們就算來求我，我也不管了。」

「…………」

辛依舊沉默無言，只是一隻手放開操縱桿，摘掉了蕾娜的軍服帽。

「特地戴起帽子，是為了表現身為軍人的立場、義務與威嚴嗎？」

被他這樣講，蕾娜愣了一愣。

「這也是理由之一，不過……呃，其實我是想用來遮臉。」

這次換成辛一臉驚奇了。

「呃，所以我才會把它壓得低低的。現在是黎明時段，隊伍方向朝東，陽光幾乎是從正面照過來，所以帽簷會在臉上形成陰影對吧？雖然我當了壞人，應該說正因為當了壞人，所以想說把臉遮一下。因為，我可還沒有放棄革命祭的煙火喔。」

要是弄到不能回去，就傷腦筋了。

「……呵。」

辛一副忍俊不住的樣子，先是噗哧一聲，然後吃吃笑了起來。

「原來如此……的確是沒有一臉悲壯。」

「對吧？」

在窄小的駕駛艙內，蕾娜有些費勁地挪動身子，依偎到約好要一起看煙火的戀人胸前。

「我們回去吧。」

「好。」

民眾像是受到某種力量驅迫，追在「送葬者」的後面邁步前行。

看到他們從不久之前三分像人，七分像鬼的德性徹底變了個樣，辛抱著蕾娜悄悄嘆氣。

沒錯，憤怒與憎惡……

或許真的能夠化作力量，在困境中一時成為動力，在絕望中支撐自己。

在第八十六區也是這樣。

他們當時只是沒有自覺，實際上也是用憤怒與憎惡支撐自己。

既不放棄也不走上歪路，戰鬥到死前的最後一刻。

絕不跟隨便就能泯滅人性、卑鄙下流的共和國國民同流合汙。對。

「誰要跟那些傢伙變成同一種貨色啊」。

這把無名火，確實在尊嚴的背後支撐過他們。

給了他們戰鬥的力量。

但他不想把這些當成人類的本性與真面目。

辛遭受過同為八六的人辱罵與排斥，怪恨他是敵國世系、賣國賊、瘟神、亡靈附身的死神。

他不想把同胞們對他丟石頭、辱罵的行徑——幼時哥哥下手想勒死他的那股憎惡，視作人類的本性。

所以……

但是……

——「牧羊人（他們）」們的心情，我也不是不能體會。

他沒有說出口，只在心裡喃喃自語。那些被瞋恚所吞沒，在憎惡中自甘墮落淪為「軍團」的過去的同胞們……

他們跟自己並沒有什麼不同。

因為選擇的事物乍看之下不同，其實都一樣。

在第八十六區，自己與同伴就跟被綁在火刑架上等著死刑執行沒兩樣。只是在他們手中握有炸彈按鈕，可以跟存心燒死他們的共和國國民一起灰飛煙滅。

所有八六都知道，怎樣才能對共和國報仇。

只要停止抵抗，或者是就算繼續抵抗，名為「軍團」的鋼鐵災厄遲早會吞沒燒盡共和國。

反正橫豎都是死，只有頑強抵抗守住尊嚴而死，或是放棄抵抗一洩心頭之恨而死兩個選擇，差別僅僅在於臨死時得到了哪一種滿足。

所以辛無法責怪那些「牧羊人」。假如自己也曾經做過別的選擇，或是現在擁有的一切少了哪一樣……

例如，假如他不曾邂逅身為白系種卻試著與八六同在，答應將他們永存於心，他的銀色女王……

也許自己現在已經在那一邊了。

至於被煽動的民眾，則是在憎惡驅使下像是被驅迫般前進。

對假扮聖女的女王的憎惡；對那些讓他們無從怨恨的八六的憎惡。

然後是對這個對他們的困境簡直漠不關心，不受塵俗干擾的美麗世界的憎惡。

我受到這麼大的痛苦，既悲慘又可憐，所以這一定是某某人的錯。

一定是某人把我推落這麼痛苦、悲慘又可憐的處境。

總得有個人來當壞人。

因為一旦想到自己淪落得這麼淒涼悲慘又可憐竟然是自己害的，一旦承認自己才是把自己推落苦海的元凶，原本就已經夠淒涼悲慘了，這下更是情何以堪。

拜託給我個可以怨恨的對象。誰都可以。

什麼都可以。

我不願聽到鳥兒婉轉的鳴叫；不願看到花朵美麗地綻放；太陽光也少給我這麼燦爛。我不願置身於這麼風和日麗、蔚藍晴朗的天空下。

如果是個雨天的早晨該有多好。

如果能來一場彷彿他們遭到全世界厭棄的暴風雨、雷鳴、泥濘與黑暗——能夠讓他們怨恨全世界的一切勞累困苦都來擋在他們的面前該有多好。

蔚藍晴朗、萬里無雲的穹蒼，反而讓難民更是怨恨。世界對他們的苦楚與哀嘆彷彿一無所知、毫不留心而依然美麗，才更是可恨。

拜託給我個可以怨恨的對象，否則……

乾脆——天地間的所有一切，都跟我們一同毀滅算了。

他們甚至有了這種念頭。

通過聯邦六十公里外的水瓶宮統制線，民眾已經連不滿的聲音也沒了。眾人頂著午前的大太陽，瞪著前方無止無盡而沒有道路的路途，喘著粗重如野獸的氣息默默前進。

帶頭的「女武神」無意間將光學感應器朝向地平線的彼方。飛揚的塵土從依然遙遠的彼方逐漸接近他們。不久四方形的形影零星出現，化為粗獷車輛的輪廓往這邊接近。

是聯邦派出的運輸卡車部隊。

幾乎在與運輸隊會合的同一時間，辛感覺到了徵兆。

「！……蕾娜，妳回『女巫貓』去。」

「咦？」

蕾娜轉過頭來，辛對她苦澀地搖了搖頭。後方，理查少將率領的殿軍……

「殿軍開始潰散了……視狀況而定，等一下可能會交火。妳回『女巫貓』去吧。」

掩護難民撤退直到最後一刻的他們，終於瀕臨極限漸漸瓦解。

「——少將，難民已經全數搭上運輸車輛了。準備開始撤退。」

接到會合的車隊隊長報告後，葛蕾蒂通知機動打擊群準備出發，接著用知覺同步連上後方仍在率領殿軍應戰的理查。

這下殿軍就達成爭取時間讓難民與車隊會合的目的，但現在已經沒辦法讓他們歸營。即使步調緩慢但持續在戰場上前進的機動打擊群，與為了攔截敵軍而全速折返的鐵馬驃騎如今距離拉得實在太遠，現在才要重整在「軍團」猛攻下瓦解的戰鬥隊形脫離戰場，也已是不可能之事。

所以，對著這位一去不返的戰友，這是她最起碼該說的話。

「少將，你已經完成你的義務了……我向您致敬，理查・亞納少將。」

理查似乎苦笑了一下。

『算了吧，母蜘蛛。這不像妳的作風。』

知覺同步的那一頭，感覺不到前座駕駛員(Operator)的氣息。也許是已經戰死……「破壞之杖」本身或許也已經無法動彈。

只有槍聲與砲擊聲不絕於耳。兩挺重機槍交互哭喊，間或夾雜一二〇毫米滑膛砲的咆哮。

『那次打賭，是我輸了。我又輸了一次。被戰爭磨利的血刀——用那種假象包裝自己的小孩，看樣子終於在我們聯邦變回了普通的孩子。』

再好不過了。

「學長——……」

『這次，不要再讓人奪走了。黑寡婦蜘蛛的狂亂，有那一次就夠了。當妳與維蘭，兩隻喋血戰鬼在同一個戰場上大開殺戒的時候，有為我設身處地想過嗎？我再也不陪你們玩了……對，妳去跟維蘭那蠢蛋也說清楚，叫他不准再想什麼殺死十倍敵人報仇雪恨的鬼點子。如果只是裝甲步兵的一個少校也就算了，他現在是准將兼參謀長，叫他別再拿臭鐵罐當對手亂揮屠刀了。』

說到這裡，理查明明身處這種狀況，或者正因為是這種狀況，竟然覺得逗趣似的笑了。

『現在說這或許太晚了，不過既然砍的是臭鐵罐就是斬鐵，應該叫斬鐵劍才對……這麼多年來，都用了個奇怪的綽號叫他。』

「…………」

『妳可別去叫那小子換外號喔，葛蕾蒂。那個笨蛋有些時候莫名地重感情，卻是個對此毫無自覺的大笨蛋……而妳只是有所自覺，其實跟他也沒兩樣，應該能體會吧。』

「——我懂。」

獵殺臭鐵罐的劊子手埃倫弗里德；專殺「軍團」的黑寡婦(Black widow)。

在「軍團」戰爭初期，連戰術都尚未確立的那個混沌戰場上，死了無數將士。軍官學校的同梯、一同衝過戰場泥地的戰友，以及那時候還比她年長的部下們；他們所珍視的這少數幾人，一個接一個地成為故人。

十幾歲就上戰場，之後在戰場上打滾多年，剛滿二十歲沒多久的兩個年少軍官，為了彌補失去的所有人事物，對掠奪一切的臭鐵罐們展開了狂暴復仇。

青年裝甲步兵用原本就讓人懷疑精神失常的白刃武裝四處斬殺「軍團」，發誓要除掉比被奪去的戰友多出十倍的「軍團」，化為豈止斥候型，連近距獵兵型都僅憑單騎驅趕獵殺的惡魔。

乘坐未婚夫駕駛的「破壞之杖」殺遍重量級「軍團」的同機少女砲手，則是在失去未婚夫後

不讓任何人坐進砲手座，化為單槍匹馬蹂躪「軍團」機甲部隊的魔女。

無論是當時的自己，還是奪得劊子手綽號的裝甲步兵戰友，都還留在葛蕾蒂的記憶中。

還記得那種瘋狂。

「……所以我才討厭他。」

因為那人就像鏡子一樣，也懷抱著沸騰鐵漿般的激情，懷抱著她藏在內心深處不願承認的殘酷性情。

因為她不幸地發現，那人心裡有著跟她同樣的情感。

『但那小子愛的大概就是妳那種專情的殘酷，明知那種專情永遠不會用在他的身上。』

「我知道，『所以』我才討厭他。」

她感受著理查無聲的苦笑氣息，接著說了：

「所以——我絕對不要那傢伙來掃我的墓。」

我不會搞到比他先死。

不會讓你擔心的狀況發生。

感覺得出來，理查加深了笑意。

『就請妳說到做到了。』

「不過……」

葛蕾蒂盡可能露出笑容，對留神聽她說話的理查說：

「『今後』如果要再找學長喝一杯，我還是會像以前一樣，揪那傢伙一起來的。」

已經來不及救援了。

也已經沒有機會能讓他們脫離戰場。

理查與葛蕾蒂再也沒有活著對飲的機會。

即使如此，當我想起你的時候，我會繼續當作你也在場。

彷彿從十年前的那場慘烈戰爭中死裡逃生的三人，至今仍然一個不缺。

『……是嗎？』

把人塞到乘坐感不用說，連安全性都不加考量的超載狀態，運輸卡車開始上路。坐不下的難民與憲兵們，就趁安排人員乘車時重新積載「清道夫」的物資，空出貨艙讓他們搭乘。卡車與「清道夫」乘載著勾肩搭背互相扶持的民眾，讓「女武神」守衛四周，在沒有道路的路途上御風而行。

芙蕾德利嘉沉痛地閉上眼睛。即使她開口說話，對方也聽不見。她無法為對方做任何事。但是，即使如此……

「辛苦了，理查．亞納少將，以及你所統率的勇猛將兵。」

在疾馳的隊伍一隅，葛蕾蒂咬住嘴唇。

理查駕駛的「破壞之杖」，不久之前便不再發出砲聲。

取而代之的是突擊步槍的槍聲，以及不以為意地靠近，只有骨骼摩擦程度的腳步聲。接著是劃破空氣的呼嘯聲，與堅硬金屬打碎脆弱軀殼的聲響。

經過幾聲忍受痛苦的喘鳴，手槍滑套拉動的上膛聲響輕微地響起。是聯邦軍制式的內藏撞針式九毫米自動手槍。配給機甲兵器的駕駛員，用來自盡。

最後聲音呢喃般呼喚了某人的名字。

葛蕾蒂狠狠咬緊了嘴唇。

是她曾見過幾次的夫人。還有年幼的兒子，以及剛開始牙牙學語的女兒。

槍聲。

擁有異能的辛也察覺到殿軍已全員敗亡。排除掉礙事者的「軍團」部隊開始以最大速度追蹤機動打擊群與避難民眾。

但是，為時已晚。

理查少將與他統率的聯隊完成了他們的任務。

在諸位告死女神的守護下，運輸部隊通過聯邦勢力範圍外三十公里處的雙魚宮統制線。穿過這條由聯邦軍正規機甲部隊代替機動打擊群維持的厚實防衛線，部隊終於到達黃道帶基準點——聯邦支配區域內。

接著機動打擊群的各部隊陸續通過雙魚宮統制線，到達黃道帶。收容從共和國歸返的所有部隊後，撤退路線隨即由聯邦軍本隊進行封鎖。自聯邦防衛線後方由軍團砲兵轟擊的反突擊火力，毫不留情地炸碎吹散了不肯死心窮追不捨的「軍團」追擊部隊。

返回聯邦勢力範圍內的機動打擊群與運輸卡車，就這樣抵達高速鐵路的終點站——貝勒德法戴爾市總站。

玻璃與金屬打造的行道樹將街景點綴得美不勝收。一度鑲嵌在地上後便永不飄逝的玻璃落葉鋪滿石板地，豐盈豪奢的淡金色陽光被玻璃萬葉打散。

在這呈現溫暖蜂蜜色的光景中，辛駕駛著「送葬者」喘了口氣。從昨天半夜到現在，已經連續奔忙了半日以上。除了這份疲勞之外，至今壓抑在內心的徒勞感，也在到達安全地帶的鬆懈心情中漸漸浮上表面。

徒勞感。沒錯。

他們沒能讓共和國國民全體避難，失去理查與他麾下的聯隊，又沒能阻止包括阿爾德雷希多在內，與他們同為八六的亡靈。

民眾跌跌撞撞地從停在總站前廣場的運輸卡車下來，然後就這樣累得癱坐在地。

原本用來載人前往避難區域的卡車被派來暫時支援撤退行動，有很多共和國人還留在廣場上。他們看到同胞的慘狀與「女武神」的出現，開始議論紛紛。

八六怎麼這麼快就回來了？下一班避難列車為什麼還沒到？預定之後抵達的同胞呢？

葛蕾蒂開口打斷這些雜音，告訴大家：

『各位，辛苦了。難民就交給這裡的負責人員，我們也回營吧。』

『好了，大家再辛苦一下，很快就可以沖熱水澡上床睡覺嘍。』

機動打擊群的宿營位於這座都市再後面一點的位置。在語氣故作開朗的蕾娜與布里希嘉曼戰隊的帶領下，第一機甲群開始移動。

行動了一整天以上的人員，就算有服藥應該也快撐不住了。為了讓他們盡早回營休息，先鋒戰隊讓出移動路徑，將座機停靠於玻璃路樹林立的人行道。

為了活動身體，同時也想吸點新鮮空氣，辛來到了駕駛艙外。

其他隊員也各自離開駕駛艙活動身體，或是拿水澆在頭上。大家都呼出長長一口氣，消除身心的疲勞。

這時，一陣尖銳的聲音飛來。

好像要保護同伴們似的，無意識地將「送葬者」停在其他「女武神」與難民之間的辛，只因為碰巧離難民最近就變成了首當其衝的一個。

「你這個八六，長了一對紅眼睛就是因為你是殺人凶手外加吃人怪物！骯髒的有色人種，派不上用場的無能劣等種！」

可蕾娜與安琪一聽，橫眉豎目地站了起來。

萊登凶狠地瞇起眼睛轉向對方。包括達斯汀與戰鬥屬地兵們在內，其餘「女武神」與處理終端也都帶著冰冷的眼神一齊轉頭看去。就連似乎想等到部下全都回營再走，還沒從座機下來的葛蕾蒂的「女武神」也轉頭過去。

發出喊叫的，是一個鑽出同胞之間想上前興師問罪的白系種青年。立刻有憲兵上前制止，使得那人別說接近辛，還沒跑出廣場就被制伏，被人從左右兩邊扣住手臂而失去行動自由，卻還硬要往前衝。

他硬是把一隻手臂伸向前方，手裡緊握著一塊來路不明的燒焦破布。

「都是你們害的。反正你們一定是不想保護我們，就故意偷懶摸魚……她是被你們害死的。為什麼——你們為什麼不肯保護我的妹妹！」

在廣場的遠處，民眾人潮後方的鐵軌上，就像瑟縮著躲在眾人背後一樣，一輛燒焦得原形盡失的列車映入眼簾。

就是那輛被燒夷彈擊中，起火燃燒的同時仍然疾駛而去的避難列車。

也許是被關在裡面的難民到頭來一個都沒得救，也或許是這件衣服的原主不巧墜入了死者的行列。事實辛無從得知，只知道……

一定是死了。死在那熾烈燃燒的列車裡。

在那「牧羊人」惡意縱火的列車當中，死在八六的亡靈帶著惡意打造出的焦熱地獄之中。

忽然間，一種巨大的激動情緒湧上心頭。

辛無法忍受地咬緊牙根，宣洩內心情緒般吼了回去：

「那你說！」

「那你說，你們為什麼不自己戰鬥？」

青年頓時面現怒色。

「你說什麼……」

「你們為什麼從來沒想到要戰鬥？長達九年被『軍團』圍困，九年來一次勝仗也沒打過，怎麼還會以為你們不用戰鬥？為什麼能放棄戰鬥的力量與意志，而且根本不在乎？為什麼能漫不經心地——毫無根據地以為永遠會有人代替你們去戰鬥，去保護你們？」

只會要自己以外的人去戰鬥。

只會叫自己以外的人來保護自己。

為什麼從來不會對此感到恐懼？

自己保護不了自己，連自己的生死都交給別人負責，作為生物丟臉難看到這種地步，為什麼都不會害怕？更不要說在這場持續了十年之久的「軍團」戰爭當中，那場大規模攻勢已經證實了要塞群與共和國都保護不了人民，暴露出他們令人絕望的軟弱無力。

為什麼你們還能……

繼續如此地軟弱？

「為什麼你們自己不試著保護自己？過了這麼多年，發生了這麼嚴重的事，你們為什麼甚至不試著保護自己？」

至少如果你們能夠保護好自己……

這樣辛與八六就不用看到那麼多共和國人死得那樣悽慘的場面了。

就不至於因為無能為力，被迫見死不救了。

像那種沒有人預想過的死法……

「共和國人」本來根本沒有必要那樣死給他們看。

「為什麼你們可以永遠這樣，連自己都保護不了——……！」

這話絕不是語帶非難。

反而是悲痛、嘔血般的聲音。

是一個人認為他人的死亡，而且是背負著塗炭之苦的死亡太過悲慘，不該發生的那種語氣。

青年被震懾得無話可說。

辛無法再忍受下去，移開目光快步離開現場。

走在被永不凋零的玻璃葉片打散的陽光灑落的七色光彩中，有人追了上來。一看，原來是馬塞爾。

他原本與葛蕾蒂同乘一架「女武神」，看來是直接下了她的座機追過來。被他呆站在背後找不到話講，辛呼出一口氣降低自己的內部壓力說了。

一看到馬塞爾的瞬間，後悔之情隨即湧上心頭。

「……抱歉。」

馬塞爾疑惑地皺眉。

「幹嘛道歉？」

「我那樣講的意思——並不是在怪他們太弱，或是覺得他們會死是因為他們太弱……」

辛想起了尤金的事。

他已經戰死在西部戰線。

辛並沒有認為他會死是因為他太弱。

自己應該沒有冷酷到能無動於衷地一口斷定那一切都怪他們太弱。

馬塞爾用點頭打斷他的話。

「我知道，我懂你的意思……那傢伙上了戰場，只可惜力有未逮而戰死了。可是……」

可是——

正因為如此——

「看到一些人一場仗都沒打過就直接送命，讓人心裡很難受，你說對吧——……」

「——是啊。」

「那些傢伙，為什麼都可以滿不在乎？而且這明明不是我或你的錯，不知為何卻覺得很煎熬，搞不懂為什麼……那些傢伙也是……」

馬塞爾壓低貓眼般上揚的雙眸說了。他也已經度過了一年以上的戰場生活，送走了眾多戰友。他帶著這份哀傷說：

「我們都寧可他們別死，你說對吧……」

青年連帶著其他難民都被憲兵們推進火車站內免得他們再和軍方起衝突，但落在玻璃與陽光路樹下的冰冷沉默依然無法散去。

就連辛也在發洩完畢後直接走遠，萊登、安琪與可蕾娜，還有托爾與克勞德也都沒追過去。他們也沒那心情去追他。

本以為即將結束的戰爭，本來期望能結束的戰爭，終於看見盡頭的這場「軍團」戰爭……戰局在僅僅一夜之間被顛覆，又顯出了無法結束的可能性。

這半年來，戰鬥到底贏得的戰果全數化為烏有。他們這半年來的奮戰也許全都沒有意義。他們至今所做的一切，也許全部，全部，都是白費力氣。

火焰流星在那一夜墜落在人類的所有戰地，空虛與疲勞、徒勞感與無力感，以及熟悉不已的虛無都在那個夜晚銘刻於心，其實一直在內心深處悶燒。

在第八十六區銘刻於心，永難磨滅的虛無至今仍在腦海角落不停呢喃，告訴他們這世界其實不需要人類，從以前到現在都沒有地方可供他們容身。

之前他們還能告訴自己作戰即將開始，他們還不會放棄，藉此抽離、壓抑情緒。

做到這種地步幫助到、救到的卻是……

托爾輕聲說了一句：

「真搞不懂我們救到的怎麼會是那些傢伙。」

「……是啊。」

他們去搶救救援派遣軍，順便也算搶救共和國人，可是沒辦法救到所有人。

作戰失敗了。

決心赴死留下殿後的少將與他的部下們，都在無人救援的狀況下捐軀。

那些淪為「牧羊人」的昔日同胞早已撒手人寰。

在第八十六區並肩作戰的同袍都死了。撐過大規模攻勢的同袍，也在這半年內死了好幾人，結果卻……

忽地湧上心頭的激動情緒，讓克勞德狠狠咬緊了牙關。

同樣是共和國國民，他的哥哥……執意作為指揮管制官一同戰鬥的哥哥恐怕都已經捐軀了。

為什麼那些傢伙就可以……

為什麼像他們那種想也知道不會反省，更不可能感謝別人，只會怨天怨地搞到自己無處可去，丟臉難看的東西……

可以活下來？

救到那些傢伙，竟然是自己與同袍們獲得的唯一戰果。

無處宣洩的徒勞感當頭壓下，擠碎整個軀體。他們到底是為了什麼而戰，至今又到底贏得了什麼成果……

「如果我有做到過什麼，老哥他……」

無意識之中，這句話脫口而出。

如果他有做到過什麼，他的哥哥、這場作戰、那位少將、擔任殿軍的那些聯邦軍人、不幸捐軀的那麼多同袍……

他並沒有特別想救共和國人，到現在還是覺得那種人要死就去死無所謂，但也並沒有希望他們所有人哭叫、痛苦而悽慘地死去。如果他有做到過什麼，那群丟臉難看的共和國人……

「就不用死了……我……」

即使他們就是那種貨色，他並不想看到他們死；如果他有做到過什麼，是否就不用看到他們悽慘死去的模樣——……

†

機動打擊群歸返總部基地，換言之就是數千架機甲與人員的運輸工作。光是器材的裝載工作，照道理來說都不可能在今天內完成。

把工作交給日程提早了兩天卻仍然做好萬全準備等待他們回營的負責人員，戰士們回到宿營的臨時基地，比正常時間稍微早一點休息。

疲倦程度到達極限的人直接上床睡覺，不到那個地步的人也去沖澡，吃點輕食喘口氣。沒有疲勞概念的「清道夫」們卸下彈藥與能源匣，接受運輸人員的命令忙進忙出，臨時基地的工作人員用特大托盤把裝了咖啡的紙杯發給大家。

不過包括蕾娜在內，指揮官們當然還不能這麼早就休息。

「我明白了——今天就先到此為止吧。辛苦你了，辛。」

聽完所有重要報告，蕾娜告訴站在眼前的辛勤務時間就此結束。她身為指揮官，分配到了這間雖然小但只供她專用的房間。

「好，妳也早點休息……雖然有點晚了，要不要吃個飯？妳太累的話，我可以去幫妳拿。」

「不用，我想看看大家好不好。」

大家應該已經吃過飯了，但他們一定願意花點時間喝杯咖啡還是什麼的陪她。

「不過，在那之前……可以占用一下你的時間嗎？」

辛聽懂了她的意思，點了點頭。

「……好。」

之前蕾娜一定是告訴自己現在正在作戰，一直忍耐到現在。

雖然忍耐到現在，但應該已經撐不下去了。

蕾娜站起來，抱住了眼前的人。她把手臂繞上去緊抱對方，臉孔埋到他的胸前。霎時間，淚水奪眶而出。

她沒辦法把頭抬起來，擠出聲音說了：

「對不起。辛你一定也很難受，我卻只顧自己……」

無論是選擇復仇的「牧羊人」，或者雖然是共和國國民，但那樣嚴重的死傷。對心地善良的你來說，一定……

「嗯……不過，我剛才已經稍微發洩過了，所以沒關係。」

蕾娜猛地抬起頭來。

辛發現自己說溜嘴了，但為時已晚。

蕾娜倒豎柳眉鼓起臉頰噘著嘴唇，心情明顯盪到谷底。

「你找誰發洩了？萊登？還是菲多？」

銀鈴般的嗓音也變得咄咄逼人。

這得怪辛不小心把找蕾娜以外的人訴苦的事說出來，但他覺得她也實在沒必要連萊登或菲多都要吃醋。

「……是馬塞爾。」

「原來是他啊。那我晚點得好好逼問他一頓才行了。」

「手下不留情？」

辛想起自己在征海艦上說過的話，於是這麼說。蕾娜一聽，好像也想起以前曾經有過同樣的對話。她倒豎的柳眉恢復平坦，輕聲一笑點了點頭。

「是呀，絕不寬貸。」

「馬塞爾不是蕾娜的部下嗎？被上司惡整就太可憐了。」

「什麼……辛你還好意思說我？」

兩人小聲地笑成一團。

霎時間，一顆淚珠從蕾娜的眼中滾落。

「……結果還是拋下他們了。拋下那麼多人。」

「——是啊。」

「我沒能救到他們。我……看著他們死掉。理查少將也是，為了我們捐軀了。」

就這樣讓他們喪生了。

沒能救到他們。

終究是滅亡了。

共和國沒了。

我出生長大的祖國，終於……

還是滅亡了。

所有人，統統都死了。

「我沒能救到他們。我真的不想拋下他們，很想救他們，不想讓他們死，可是我沒有能力。

我……都怪我……！」

「這不是蕾娜的錯。不過……」

她感覺到一雙手繞到了背後。練出肌肉，堅硬而強悍的臂膀。厚實的機甲戰鬥服(Panzer jacke)底下，藏著比她更熱的體溫。

「我覺得妳會想哭是人之常情——因為這一定讓妳很傷心。」

蕾娜被他抱進懷裡。彷彿無聲地告訴她，妳可以哭沒關係。

所以——

為了滅亡的祖國，想著那許多的犧牲者。

蕾娜放聲大哭了一場。

D-DAY PLUS EIGHTEEN.

At the Celestial year of 2150.10.19

DIES PASSIONIS

星暦二一五〇年　十月十九日

D+18日

Judgment Day. The hatred runs deeper.

The number is the land which isn't
admitted in the country.
And they're also boys and girls
from the land.

在「軍團」支配區域內往返四百公里，以他們的主觀而論沒做出堪稱戰果的結果，外加有太多人慘死在眼前。

想必是真的累壞了吧。芙蕾德利嘉四處巡視，關心一回到基地心情放鬆就縮進房間裡睡覺的處理終端們。雖然隔著關閉的房門，但至少可以聽聽有沒有人被噩夢所擾，或是發出些許偷哭的聲音。

身為只能對少數幾人報上真實姓名，成天受人保護的女帝，這點小事是她應該做的。

不知道是這條蝰蛇覺得自己年紀較大理當如此，還是自以為跟芙蕾德利嘉一起留在基地就等於是受到辛等人託付了，維克隔著數步距離跟在她後頭，忽然開口：

「可否問妳一個問題？羅森菲爾特。」

「何事？」

芙蕾德利嘉連眼睛也沒轉去。維克對著她的背後提問。

沒錯，她或許是某個大貴族的私生女。

儘管在帝國是受人避忌的混血，或許也接受過統治者血統該有的教育。

即使如此……就算是這樣好了……

那雙帝王紫眸當中，浮現出不解——以及疑念。

「妳不過是個吉祥物罷了。我不懂妳為何對八六——對將士們抱持著這麼大的責任心。」

報告書投影在全像視窗上，但維蘭參謀長看也不看，開口說道。這裡是他在西方方面軍聯合司令部的辦公室。

「——關於最初目標也就是救援派遣軍的撤退，只付出最小程度的損害就達成了目標。『破壞之杖』、裝甲車輛與裝甲強化外骨骼的回收，也達到了目標數量。」

戰局惡化到如此地步，加上已經不只是忙到不可開交的事務工作量；這半個多月來參謀本部的狀況糟到極點，這人處事卻依舊面不改色，讓葛蕾蒂體會到這個戰友確實是君臨昔日帝國的大貴族之一，是如假包換的怪物。

為了不讓別人察覺到狀況的變化，與他內心的想法，表情不用說，就連思考也能操控自如，完美地武裝自我。讓別人看到的，永遠是合理與冷靜透徹的假面。說不定連面對自己的時候也一樣。

這種統治階級的非人化，已經跟機械相差無幾。

對他們來說，不只是把臣民視作家畜，戰鬥屬地民視作獵犬。對他們來說，就連家族子女甚至是自己本身，都是用來指揮軍隊、統治民眾的工具。

只有比記憶中增添了些微犀銳的漆黑雙眸還殘餘了一點人性。

跟她過去所看到的，是一樣的荒涼與悲悽。

是那種對戰場剝奪一切的無情與自己的無力，抱持憤怒到最後殘留的痕跡。也是終究跨越了這一切後剩下的——感情的餘燼。

「至於第二目標也就是共和國人民的避難，你們成功運送了超過三成比例的國民。除此之外，也確認到敵方指揮個體的永生化以及行為修正。稱得上戰果豐碩了，維契爾上校。所以葛蕾蒂，妳別擺這種臉了。」

「你沒資格說我，『參謀長閣下』。」

參謀長敏銳地聽出她話中有話，揚起一邊眉毛。一旁候命的少年副官緊緊抿著雙脣。

彷彿代替某人強忍內心的激動情緒，彷彿顧慮某人不斷失去所有而留下的傷痛。

參謀長察覺到了，單薄眼瞼切換心情般暫時降下，拭去戰刃般的銳利。

「……亞納少將的事我很遺憾。不過，我覺得很像是學長的作風。」

「是呀。」

她就是想讓他說出不該吞下去的這句話。不是為了理查，而是為了眼前的他自己。

為此，她繼續說了：

「還有——理查學長有話要我帶給你。」

「說吧。」

「他叫你不准再變回劊子手……他說其實你搞得他很煩，他受夠了。」

像是沒想到會聽到這種話，參謀長眼睛張得更大了一些。

然後，他長嘆一口氣。

帶著露骨的厭煩表情。

「還以為最後要說什麼——這還要他說嗎？從那時候到現在都多少年了，他以為我現在是什麼身分？我現在的立場能殺的臭鐵罐比當時上前線多得多了，誰還要回去當裝甲步兵啊。」

他講得像是由衷敬謝不敏，卻忽地瞇起眼睛笑了。

帶著自第二次大規模攻勢以來，恐怕是首次露出的笑意。

「還有，我早就知道學長被我搞得很煩了。知道是知道，不過學長可是比我大了足足十歲耶。當時亞納閣下已經是一家之主，是人生經驗豐富的指揮官，照顧青澀可愛的年輕人也是應該的吧。」

葛蕾蒂露出柔和的苦笑——不像她當時並不了解理查的心情，這傢伙竟然是明知故犯。

「你從以前到現在都是個爛人。」

「妳這隻黑寡婦有資格說我嗎？」

專殺「軍團」的母蜘蛛。失去未婚夫後，那一身彷彿殉夫的喪服與戰鬥的模樣。

葛蕾蒂笑了。

儘管不能用來代替失去的部分，她心裡想著得到的那許多人事物。

想著她該守護的人事物。

「不再是了。」

在共和國國民的避難區域內，聯邦為戰災孤兒準備了收容所。賽歐把隊長的孩子交給這座由聯邦軍憲兵隊維護管理的設施照顧，向擔任所長的憲兵部隊長解釋狀況，誠心誠意地請求對方多多關照。

然後在爽快答應的部隊長與他留在那裡的男孩目送下離開。

接著賽歐搭乘列車花上幾天時間，從前線回到了聖耶德爾。

即將下雪的首都比他啟程時氣溫驟降了更多，不過看起來，原本緊繃刺人的危險氣氛姑且算是平息下來了。

可能是因為砲彈衛星自從上次發射之後就不曾再有空襲，就算還有下次，軍方也已經公開聲明最起碼可以預測時機。遠離前線戰況的首都就跟以前一樣沒受到太大影響，軍方也仍然運用戰鬥屬地勉強維持住戰線。

只是……

在馬路對面的人行道，賽歐瞥見上次那個痛批恩斯特政權的遊行隊伍走向與他相反的方向，而且這次連軍方的無能也成了批判對象。

作為隊伍中心的幾名青年在這十幾天內弄到了符合季節的大衣，隊伍聲勢也在這十幾天內壯大了不少。看到他們大陣仗地占據人行道一側的空間邊走邊高喊政治主張，這邊這條人行道上偶爾也有幾個人駐足，隔著馬路聽他們說話。

賽歐也說不上來，只是覺得不太舒服。

流過街上的玻璃碎片般的聲音也來自投影於大樓牆面的街頭電視全像螢幕。新聞節目正在報導這幾天的戰況。

幾天前共和國滅亡的新聞並沒有被大肆報導。

但是接下來報導的聯合王國龍骸山脈山麓地區預備陣地帶失守的消息，對當地與聯邦都造成了衝擊。

而且聯邦南部第二戰線也有部分戰區失守，自此以來，賽歐從前線回到聖耶德爾的這幾天期間，新聞節目天天報導的都是戰況相關新聞。

簡直像總算想到現在是戰時似的。

實際上在這種狀況下，恐怕沒有人看不出戰況正在惡化。笑容消失已久的年輕女性主播，用嚴肅緊張的表情與聲調傳達某個戰線的最新消息。

賽歐抬頭看著新聞喃喃自語。他的翡翠般雙眸也在緊張感與一抹危機意識之下，變得更顯銳利。

「今後，不知道會變成怎樣？——這場戰爭……」

還有，我們呢？

眼角餘光看到少年副官終於放鬆心情呼了口氣，葛蕾蒂也吐出憋著的一口氣。參謀長抬頭看著她——想必同時也注意到副官的舉動——回到講到一半的話題。

「包括西部戰線在內，聯邦的各戰線目前勉強維持在膠著狀態。接下來無論是要維持現況還是打破僵局，都需要獲得情報做進一步分析。」

葛蕾蒂眼睛轉去，看到他聳了聳肩。不特別爭強好勝，但是絕不給人可乘之機，作為一名參謀長，只是說出完成他的職務所需要的準備工作。

「我要對『無情女王』——瑟琳・比爾肯鮑姆重新進行審問……首先有必要細查她握有的情報哪些是謬誤，哪些是事實。」

[EIGHTY SIX]
In the Republican Calendar of 368.8.27.
Two day has passed since the "First Great Offensive".
At the San Magnolia's capital.
第一行政區
共和曆三六八年 八月二十七日「大規模攻勢」兩天後
Judgment Day.
The hatred runs
deeper.

「我也沒資格說別人，但是——看看你這是什麼德性。」

共和國軍於九年前全軍覆沒後，現在的共和國軍人絲毫沒有承襲他們的遺風餘澤，說到底，不過是濫竽充數的烏合之眾罷了。

竟然能丟人現眼到把祖國淪陷的日期拖延個幾天都辦不到，卡爾修達爾任由裂開的腹部灑出一堆不該掉出來的東西，兀自嗤笑。這些人沒有接受過充分的軍事教育，偷懶不做訓練，唯利是圖而不肯學習尊嚴與義務的精神，最後根本無從抵抗「軍團」的入侵，只好迎接這種下場。

早就沒有任何聲音回應無線電或知覺同步了。不只是槍聲與怒吼，就連孩童般哭叫的哀號也不知道斷絕了多久，如今只能聽到燒燬的白牆街道上爆開的火花與火海煽起熱風，轟轟翻滾吹向高空的低吼。

不像那些沒受過像樣的教育，也沒受過訓練，卻仍在戰場上撐過了這九年的八六們，在這之後想必還會稍作抵抗一陣子。

卡爾修達爾原本以為不會是這種狀況。第八十六區儘管有能力戰鬥，但是提供支援的生產工廠與發電廠都在共和國八十五區內。假如鐵幕繼續阻隔內外區域，八六們將會隨著共和國的淪陷而失去一切補給，無關乎戰鬥意志的有無，注定束手無策地被「軍團」吞沒。

結果跟他想的不一樣。

因為蕾娜開啟了隔開八十五區與第八十六區的鐵幕。

「我是沒這個資格說你，但是——你怎麼把自己搞成這樣？簡直沒個樣子。把妻女都丟下，最後好死不死竟然墮落到變成人類公敵？」

已經連挪動一下身體都有困難的卡爾修達爾面前，默然佇立著一架重戰車型。

戰鬥重量一百噸，總高度足足四公尺，雄壯威武宛如陸上戰艦。被大紅火光映照的鐵青色裝甲，明明置身於戰場中央卻光亮如新，兩挺重機槍與兩門戰車砲，準星甚至都沒有對著卡爾修達爾。

彷彿在說一個即使擺著不管，自己也會死的脆弱人類不須勞煩它特地抬腳踩死，那種霸主的傲慢。

卡爾修達爾抬頭看著它，用面無血色的臉龐冷笑了。

「你的女兒，跟你是真的很像。愛作白日夢，成天只會講好聽話——而且不肯死心到了沒藥醫的地步。我看她就跟你一樣，會跟這世界名符其實地抗戰到死吧。對現在的你來說，她一定會變成最大的敵人。」

對於明明有妻子與女兒，到頭來卻與人類……與我們共和國為敵的現在的你來說。

對於變成殺戮機器們的指揮官，竟然能夠容忍自己麾下的「軍團」把心愛的家人悽慘地撕碎踐踏致死的，現在這個丟人現眼的你來說。

重戰車型默然無聲，佇立於卡爾修達爾的面前。

重戰車型的光學感應器，那彷彿不祥鬼火的幽藍冷光，靜悄悄地俯視著卡爾修達爾。

如今已淪為鋼鐵怪物的「他」，早就不可能具備口說人類語言的功能，也不具備與人類相通的思考模式。

即使如此，卡爾修達爾仍然看出了它想問什麼。

——要不要跟我一起來？

趁你作為人類的性命結束之前。

卡爾修達爾用失血過度而變得比紙更白的臉色以及已經紫到發青的嘴脣，不屑地回答。

也許對現已化身為「軍團」的「他」來說，這是「他」能做出的最大的友情表現，但是……

「免了。」

儘管自己早已對這祖國不抱希望……但自己可還沒落魄到那種地步，會想變成受困於亡故舊主的命令，沒有目的也沒有意義，只能順從殺戮衝動的可悲戰鬥機器。

他把始終握在手裡的手槍，把這個不到一公斤卻重得難以置信的東西，舉起來用槍口對準了太陽穴。第一發子彈已經上膛，沒有手動保險，採用雙動設計因此不用扳起擊鐵，只要扣下扳機就能發射子彈的共和國軍制式自動手槍，用來自殺真是再適合也不過了。

重戰車型默然無聲，俯視著卡爾修達爾。

——是嗎？

「我心意已決。我寧可早一步去那個世界，觀賞這整個戰局……我不會祝你好運，你就盡量艱苦死戰吧。」

對付那個像極了你，但跟你完全不同的女兒。

對付那個只會講好聽話，愛作白日夢——無論什麼人類的鬼理想被踐踏多少次都絕不放棄的女兒；不像你沒辦法拿性命成全自己的理想，寶貝女兒還活著卻自甘墮落變成人類公敵，你不知道你的女兒已經長大，恐怕會對抗「軍團」與人類的惡意直到生命的最後一刻。

你就盡量艱苦死戰吧。

我能祈求的好運已經給了你的女兒，沒有你的份了。

「瓦茲拉夫。」

後記

好想看流星雨啊。大家好，我是安里アサト。

第一集的流星雨其實有參考來源，真希望有一天可以欣賞那樣壯麗的星雨。

當然不能說這是原因，總之第十一集開頭就在全大陸下了一場流星雨，以創紀錄的豪雨規模為各位呈獻。那麼言歸正傳，謝謝大家一直以來的支持！以上就是《86—不存在的戰區—》第十一集〈—Dies passionis—〉。

・維蘭參謀長

登場人物中就屬他最接近情報分析方面的職務，因此這次請他揹了個黑鍋。

但實際上真正把事情搞砸的，是地位遠高於他的另一個人。大概在中央聯合參謀本部有個大人物準備自刎謝罪……結果被身邊其他人阻止了。

・轉槍退膛上彈

槓桿式槍械帥到逆天的上彈方法。我就是為了寫這個才讓西汀機採用散彈槍式樣，這次總算用到了！

接著進入謝詞的部分。

首先是從本集加入的新一位責任編輯田端氏。我們才第一次開會，您就冷不防丟出大幅提升第十一集殘忍度的超鬼畜提議，真的有點嚇到我。

責任編輯清瀨氏、土屋氏。構思情節的時候我明明說好「第十一集的篇幅會比較小」，結果實際動筆之後反而變得比平常更厚一本……しらび老師，理查少將初次登上封面！有這麼殺氣騰騰的背景照樣手牽手的辛與蕾娜太棒了。I-Ⅳ老師，新款重戰車型設計既恐怖不祥又充滿殺意，真的夠帥！吉原老師、山崎老師，恭喜漫畫版共和國篇與聯邦篇續集雙雙發售！染宮老師，《オペレーション・ハイスクール》連載辛苦了。也謝謝您在特典小說魔法少女IF的幫忙！シンジョウ老師，《フラグメンタル・ネオテニー》菲多終於登場了！太可愛了！石井監督，當這本續集推出時，動畫新集數的播出也進入倒數階段了吧！好期待！

然後，謝謝您賞光買下本書。我從寫第一集第六章萊登的台詞時，就一直很想寫這次第十一集的內容了。敬請繼續欣賞「另一群八六」的選擇，以及他們與辛等機動打擊群成員互相矛盾抗衡的結局。

那麼，願本書能暫時將您帶往美麗卻又冷淡，無比蔚藍的天空之下。

後記執筆中BGM：Hotel California（Eagles）

幼女戰記 1~12 待續

作者：カルロ·ゼン　插畫：篠月しのぶ

世界啊，刮目相看吧！膽顫心驚吧！
我——正是萬惡淵藪。

歷經愛國心的潰壞，以及殘酷現實的擁抱，傑圖亞正試圖架構一個成為「世界公敵」的舞台。比起語言、比起理性，單純地帶給世界衝擊。身為連逃奔死亡也做不到的參謀本部負責人，傑圖亞所圖的，是「最好的敗北」……

各 **NT$260~360/HK$78~110**

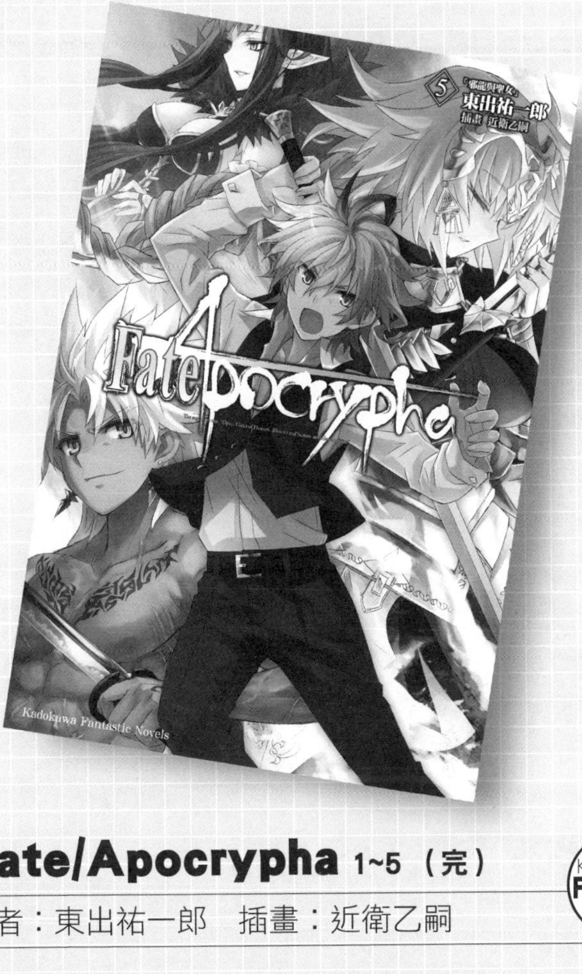

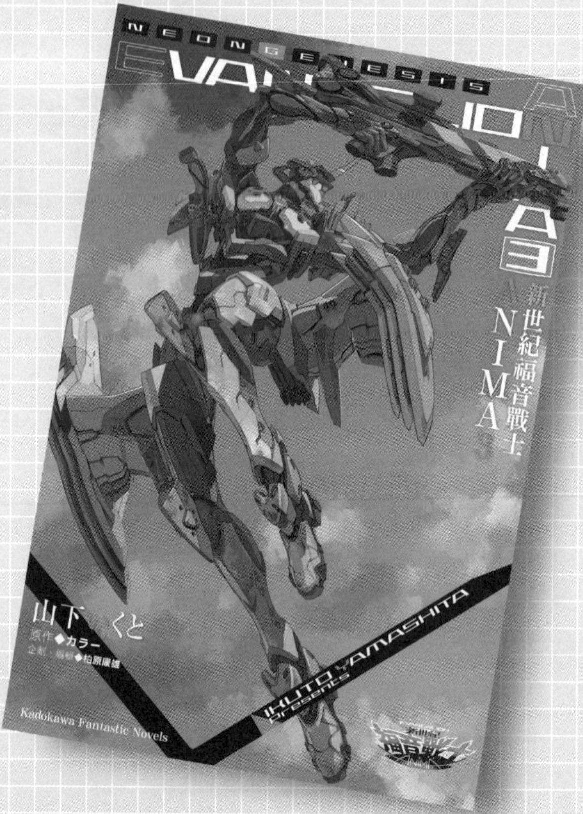

新世紀福音戰士ANIMA 1～3 待續

作者：山下いくと　插畫：カラー

《新世紀福音戰士》另一個可能性的故事，
在經過十年歲月後重新復甦——

向阿爾瑪洛斯發起挑戰，卻慘遭敗北的真嗣和超級福音戰士、與貳號機融合成「Crimson A1」的明日香，以及對自身存在感到苦惱的兩名綾波零「特洛瓦」與「卡特爾」……迷惘的適任者們將何去何從？而人類的反擊，又是否能貫穿那股如神般的力量？

各 **NT$220~240/HK$73~80**

重組世界Rebuild World 1~2〈下〉待續

作者：ナフセ　插畫：吟　世界觀插畫：わいっしゅ　機械設定：cell

阿基拉在地下街被迫與詩織交戰！
還跟克也在無從預料的狀況下陷入敵對——

阿基拉在地下街遇到了遺物強盜。遺物強盜以蕾娜為人質，強逼詩織與阿基拉展開決鬥。此外，阿基拉與克也在無從預料的狀況下陷入敵對，「舊世界的亡靈」們則靜觀其變。阿爾法及另一名亡靈的目的何在？同時收錄未公開短篇〈熱三明治販賣計畫〉！

各 **NT$240~280/HK$80~93**

國家圖書館出版品預行編目資料

86-不存在的戰區. Ep.11, Dies passionis/安里アサト作；可倫譯. -- 初版. -- 臺北市：臺灣角川股份有限公司, 2022.12

面；　公分. -- (Kadokawa fantastic novels)

譯自：86―エイティシックス. Ep.11, ディエス.パシオニス

ISBN 978-626-352-075-2(平裝)

861.57　　　　111016973

Kadokawa
Fantastic
Novels

86—不存在的戰區—Ep.11

—Dies passionis—

（原著名：８６—エイティシックス—Ep.11 —ディエス・パシオニス—）

2022年12月2日　初版第1刷發行
2024年3月22日　初版第3刷發行

作　　者：安里アサト
插　　畫：しらび
機械設計：I－IV
日版設計：AFTERGLOW
譯　　者：可倫

發 行 人：台灣角川股份有限公司
總　　監：呂慧君
總 編 輯：蔡佩芬
主　　編：林秀儒
編　　輯：孫千棻
設計指導：陳晞叡
美術設計：莊捷寧
印　　務：李明修（主任）、張加恩（主任）、張凱棋

發 行 所：台灣角川股份有限公司
地　　址：104台北市中山區松江路223號3樓
電　　話：（02）2515-3000
傳　　真：（02）2515-0033
網　　址：www.kadokawa.com.tw
劃撥帳戶：台灣角川股份有限公司
劃撥帳號：19487412
法律顧問：有澤法律事務所
製　　版：巨茂科技印刷有限公司
ＩＳＢＮ：978-626-352-075-2